空旅・船旅・汽車の旅

阿川弘之

中央公論新社

目次

空旅・船旅・汽車の旅

愛車の傍に立つ著者（横浜港にて）

一級国道を往く

岩手県金田一村付近の国道（立往生するのが著者）

ちかごろ、わが国の自動車の数のふえ方は、まことにめざましいものがある。殊に小型車の増加がいちじるしく、十年間で三十倍以上になった。この調子でいくと、そのうちどんなことになるか——とにかく、村のアゼ道にも町の軒下にも、自動車は満ち潮の如く充満し始めている。

自動車は、ことに自分の車は、便利なものだ。買い出しや郵便局通いに使っては自転車の代りをし、通勤に使っては市電や地下鉄の代りをし、遠出の旅に使っては、特急や急行列車の代りをする。美しい女性と同乗して静かな森の中へ乗り入れれば、もっとほかの物の代用にもなる。しかし、この便利なものを便利に使うには、道が良くなくてはならない。道路と、それに附随する諸施設が整っていないと、便利な自動車は、その便利な性能を充分に発揮出来ない。家庭電化には配電設備のことを考慮しなくてはならないように、自動車のことを考えるからには道のことを考えなくてはならない。

それでは、日本の道路は一体どうなのか？　——道路調査に来日した或る外国人の専門家は、日本の道は「信じ難い程悪い」と云い残して帰った。悪路の日本は、今では誰もが口にする、誰もが知っている常識であるが、果してどんな風に「信じ難い程悪い」のか？

妙なことだが、私のこれまでに経験した範囲で、どの地方へ行ってみても、その土地の運転手は、自分の所の道が日本一悪いと思いこんでいるようだ。何故そんなに、どこもかしこも「日本一悪い」ままなのか？　実際に自分でハンドルを握って、日本国内の特定の悪路を、二千キロほど走ってみたら、どういう目にあうものか？　それを調べて報告するのが、私たちの課題であり目的である。

実験の一つとして、私たちは十月（一九五八年）下旬、東北日本一周の自動車旅行をおこなった。使った車は56年のトヨペット・クラウン、走行距離は約千八百キロ、悪路といっても、走った道の九十五パーセントは一級国道——つまりわが国の代表的な（筈の）立派な（筈の）幹線道路である。東京から福島、仙台を通って青森へ出、それから裏日本の海岸沿いに秋田、新潟、直江津と南下し、信州に入って長野、軽井沢廻りで帰京した。所要日数は七日であった。「私たち」というのは、私ども夫婦と、同行のカクさんスケさんの四人である。カクさんスケさんは格別綽名《あだな》ではなくて、雑誌「日本」編集部の編集者賀来さんと、講談社の運転手片根さんのことだが、便宜上カクさんスケさんと書いておくことにする。

わが国の道路のすさまじさについては、巷間《こうかん》いろいろな冗談がいわれている。曰く、「陸の玄海灘」「洗濯板道」「ソロバン道路」「ロデオ・ロード」「ケ・セラ・セラ・ロード」

（もうどうでも勝手にしやがれという意味）「泣く子も黙る道」「銀杏がえし」（胃と腸がひっくりかえる）等々。さらに曰く、「廃ウェイ」「酷道」（国道）「険道」（県道）「死道」（市道）「懲道」（町道）「損道」（村道）——。

これは自分でハンドルを持って、苦難の「酷道」や「険道」を毎日走っている人たちが、あきらめと苦が笑いの気持から、自然に誰云うともなく云い出した言葉で、「玄海灘」も「銀杏がえし」も決して大袈裟《おおげさ》な表現ではない。

アメリカ合衆国を自動車で旅していて、穴ボコのある所があると、「前方にデコボコ道あり」（Rough Road Ahead !）という警告が、一マイルも二マイルも前からあらわれる。ヨーロッパでもやはりデコボコ道にはあらかじめサインが立ててある。

先年、日本でも、このデコボコを示す道路標識を立てようという話が出たが、さて全国で、一体何万本これを用意したらいいのか見当もつかないという結論が出て、沙汰やみになったそうだ。

日本が中東の後進独立国やアフリカの未開国なら仕方がない。工業生産に世界一を誇るものを二つも三つも持ち、敗戦後の復興ぶりを西ドイツと並んで賞讃されている国である。同じ交通の領域だけを見ても、日本国有鉄道の現況は、狭軌というハンディキャップさえ考慮に入れれば、ヨーロッパの諸国に較べてそれほど見劣りはしない。どうして一体、道路だけが、こんな未発達状態に残されていたのか？

この疑問に対しては、誰からもなかなか的確な答は得られない。幾人もの人に聞いたところや、私自身の考えたところを列挙して、読者識者の判断に委《ゆだ》ねるよりほかないだろう――。

列挙第一は、昔の日本の軍部に責任ありという説である。ローマの昔から、道路は軍用道路として発達する傾向が強かった。こんにち西ドイツが、道路の鋪装率一〇〇パーセントという数字を示しているのも、もともとナチスの軍用道路建設が相当大きな基礎になっているらしい。それに較べて、日本の陸軍は「海外派兵」にばかり熱心で、負けて国内戦をやるという頭が全く無かったから、道のことには関心が薄かった。日本の悪路は、軍の「必勝の信念」の置土産《おきみやげ》だというのである。

第二は、歴代政府の国鉄保護政策である。国鉄には、大正初年に鉄道院総裁をつとめた後藤新平のような、悪く云えば大風呂敷、良く云えば先見の明のある気宇の大きな人材が必ずしも少なくなかった。国鉄は政府の直営事業として全国の重だった鉄道を併合統一し、赤字でも何でも津々浦々に線路をひいて大きな世帯を作り、次第に所謂《いわゆる》国鉄一家のかたちを確立し、これに対する保護育成は行き届き、そうなると一層人材も集まるし、代議士連中は地元の票かせぎに「我田引鉄」といって、鉄道をひくことを看板に掲げる事になり、日本人全体が、交通といえば鉄道のことだとしか考えないようになった。この風潮は現在も十二分に残っていて、私たち一般に、自動車は便利なものというより贅沢なもの、バスはほんのそこ迄の乗り物、旅行といえば先ず汽車に乗ってという頭が、どうしても抜け切らない。もっとも、抜け切らないのはあたり前で、その通りの状況が現存するからだが、問題はそれを「ちょっと変だ」と思うかどうかである。「国鉄一家」さんも国民一般も、なかなか、日本の交通を総合的な面から考えようとしないだけでなく、国鉄にとっては航空機、高速道路、長距離快速バスはライバルだから、その国鉄の営業面に食い込んで来るような新しい問題には、陰に陽に反対を表明する傾向があるように思われる。

第三は、前のことの結果として、鉄道は鉄道省という一省を設けて運営管理されていたのに、戦前、日本の道路行政は内務省土木局の一部に委ねられたままであった。こんにちも、建設省の道路局という一部局に過ぎない。しかも、聞くところによると、同じ建設省の中でも、成績優秀な者は河川局に入り、同じ大学を出ても、道路局には下っぱ連中が――と云って悪ければ、それ程優秀でない人物が廻された。

そしてこれは、予算獲得の競争に端的に結果があらわれて、道路局はこれまで、予算の面でいつも河川局に押され、押し切られていた。その上、官庁共通の風として、日本に数の少ない道路専門の技術屋は優遇されていない。事務系統と技術系統では、建設省内で課長のポストにつくのに五、六年のひらきがある。

そのほか、第四第五の原因として、わが国が舟運の便に恵まれていたこと、自動車工業が発達していなかったことなどが、併《あわ》せ考えられるだろう。

さてところで、私たちの実験旅行であるが、その前にちょっと、こんな想像をしてみて頂きたい。

私たち、旅客列車に乗って東京から青森まで旅行をするのだが、さき頃の台風二十二号（一九五八年）の被害が気になるので、上野駅なり国鉄本社なりへ電話を掛けて、「もう汽車は通るのですか？」と問合せをする。と、国鉄では、「さあ、どうでしょうか？　鉄橋が一部こわされたという話は聞いてますが、汽車が通るかどうか、ここでは分りかねますから、とにかく仙台まで行ってみて下さい。仙台で訊いたら多分わかるでしょう」という返事である。

一《いち》か八《ばち》か出発してみると、列車は大体市電より遅いぐらいの速度でしか走らない。鉄橋は辛《かろ》うじて通じていたが、青森まで二泊三日かかり、途中、線路の具合の悪いところでは、下車して自分たちでヨイトマケをやってレールの歪みをなおさねばならなかった。青森についたら、車の振動で身体の具合のおかしくなった者が続出した。

——仮りに、国鉄東北本線に関してこのような不都合があったとしたら、私たちは青森に着くなり、国鉄の大悪口を云わずにはいられない気持になるだろう。

国道四号線というのは、東京を起点、青森を終点とする一級国道、道路の東北本線である。私たちはこの国道四号線を旅するのに、右に書いたアホらしいような説明しか得られないのである。

出発の前日、カクさんは建設省に電話を掛けた。仮りにテーマを国鉄に置き替えて語っているのを、本来の一級国道の話に戻すなら、例の質問をしたのに対し、「仙台へ行って訊いてくれなくては分らない」というのが、日本の道路の総管理をしている役所の答であったらしい。

私たちの自動車の平均時速は二十二、三キロ、仙台で一泊、花巻で一泊、しかも星をいただいて立ち、星をいただいて宿る強行軍だった。陸の玄海灘というのは、正に実感である。

二日目、緯度観測所で有名な水沢の近くで、道わきの溝を掘ってその泥の土塊を積みこんでいるオート三輪と行き逢った。道幅が狭いために、オート三輪をよけて通り抜けることが出来ない。スケさんが、

「これでも国道なんだから、何とか通してくれよ」と交渉してみるが、三輪車のお兄さんは、

「パトロール・カー来たって通さねえんだ。あんまり煩《うるさ》く云うと、このショベル、ものいうぞ」と凄《すご》んでいる。しばらく立往生の末、カクさんが気をきかして買って来た新生二個で、やっと土積みを一旦中止してよけてもらうことが出来た。

三日目、啄木の歌碑を見て沼宮内、一戸《いちのへ》を過ぎ、金田一村に入った時、道は深くえぐれ

たW字型になった。トラックは通って行くが、私たちの車はこのまま走っては、腹の下の機械類を傷つける恐れがある。そこでスケさんがハンドルを握り、あとの三人は下りて、靴と、車の工具とでヨイトマケの地ならしをやって、辛うじて無事通過した。

沿道にはリンゴが沢山実っている。北上川も美しいし、山々の紅葉も美しい。しかし風景絶佳、道路絶悪というところで、これではよその国の人間に、観光にいらっしゃいなどと云っても無理というものだ。国道、いたる所に、大山系の如き起伏があるかと思うと、深く泥水をたたえた小湖沼がある。岩手県から青森県へかけて、ジープをしばしば見るようになった。日本で自動車の遠出をするにはジープが最適だというのが、かねてから私の持論であったが、そのジープさえ難渋しているのを拝見すると、どうやら日本の旅には、水陸両用戦車が要るのではないかと考え直さねばならなかった。

そして十和田の近所で、橋が流失したために迂回路をとらねばならぬ所があり、そこで私たちは未曽有の大悪路にぶつかった。車一台やっとの幅の急坂で、それがまるで泥の氷河である。車はスリップする。見通しはきかない。カクさんも私も遂にサジを投げ、――それまで三人で規則正しく二時間交替の運転であったが――そこだけは専門家のスケさんにまかせることにした。その泥の氷河の上を、「特急定期便」と横腹に大書した大型トラックが、文字通り牛歩の歩みをしているのは、およそ悲惨も滑稽も通り越している感じであった。

私たちは段々柄《がら》が悪くなって来た。車夫馬丁《ばてい》の趣《おもむき》を呈し始めた。自然にそうなって来た。車があまりハネ上ると、「オーラオーラ、ドウヨドウヨ」と云ってあやしてやるのである。「父よあなたは強かった」という歌をどなる。目の前でシャフトを折って立往生《たちおうじょう》したトラックがあった。難儀をしている車にあうと、「お互いにこの苦難に耐えて頑張ろうぜ」と声を掛けてやりたくなることもあるが、またある時は、窓の外へ向って「こらクソ、こん畜生、気イつけろ」とどなるのである。精神状態がどうも普通でなくなって来た。それから、健康の方も普通でなくなって来た。初日の晩に、先ず私が風邪をひいたように妙に熱っぽくなり、二日目に私の家内が原因不明の腹痛を起し、スケさんが全身の脱力感に襲われて嗜眠病《しみんびょう》のように眠り出し、三日目に、カクさんが宿で夜中にうなり始め、もう駄目、落伍したいと思うようなえたいの知れない病気になった。みな、一晩だけでそれぞれ恢復したが、振動病とでも云うべき一種の急性症状らしい。十数時間の大揺れのあと、旅館に落ちついてから始ることが多いので、乗り物酔いではない。長距離トラックの運転手たちも、よくこういう正体のはっきりしない病気になるらしいので、東京へ帰ってから諸方面へ問合せてみたが、交通医学会というのは鉄道乗務員の職業病についてのデータは揃えているが、この方面のことは知らないらしく、悪路日本の職業的風土病ともいうべきこの変な症状については、どこからも全く智恵が得られなかった。

それでも実は、私たち、東北としては道の良い季節に旅をしていたのである。

仙台で私たちは、東北地方建設局を訪れて、道路部長のU氏の話を聞いたのだが、それによると東北の道路は冬、特に雪どけの頃、最悪の状態に陥る。中央では、冬の東北地方の道の物凄さについてはすこぶる認識が足りない。それというのが、政府や国会の「えらい人」たちが視察に来るのは、春の新緑、秋の紅葉の頃にきまっているからだということであった。この言葉の前には、私たち、一言も無かった。U氏は又、福島から秋田に至る国道十三号線には、主寝坂《しゅねざか》峠を始め四、五ヵ所の難所があって、十二月から四月まで山形福島間は自動車交通が完全に途絶すると話した。つまり国鉄で云えば、冬の間中、奥羽本線は不通になるのである。難所とはどの程度のものか？ 私は東海道の鈴鹿峠の東側の悪路や、見て来たばかりの栃木福島県境の悪路を例にひいて質問してみたが、U氏は、「とても、あんなものじゃありません」と笑って首を振った。

さて四日目以後、裏日本の悪路はいかにと、私たちはトヨペット・クラウンの手綱《たづな》をひきしめる思いで出発したが、意外なことに、青森から弘前《ひろさき》、能代《のしろ》、秋田、新潟まで、道はそれほど悪くなかった。と云っても、めったに鋪装路などあるわけではない。穴ボコだらけ、ごみだらけ、九十九《つづら》折《おり》の峠をいくつも越して行く旅だが、青森までにあまりの悪路を経験してしまったので、もうあまり感じなくなったのである。ただ、新潟から長岡への途中、これも国道八号線というれっきとした一級国道の上で、丸太を山と積んだ牛車二台と出くわし、「ちょっと待ってくんなせや」と云われて、丸太の積み下ろしが終るまで、牛とにらめっこをさせられていたことがあった。

秋田では私たちは、日本通運のトラックの運転手たちと座談会をやった。最大限五年、年齢は三十歳まで、それ以上長距離定期便の勤務をすることは身体的に無理だということであった。冬、胃下垂と神経痛の患者が彼らの間から続出する。神経痛というのは、医者がそういうから神経痛にしているが、実際はやはり、何かえたいの知れない病気だそうだ。胃下垂の予防と治療とには、腹にさらしを巻く、それから逆立ちを励行する、楽しみは勤務を終って一杯飲んで寝るだけ、紅葉なんか見る気もしないと、けったくそ悪そうであった。

道が悪いから、定期便は遅れがちである。遅れを取り戻すためには急がねばならない。羽越本線は単線で、眼の前に一本列車が走り去るのを見たら、三十分か一時間は、どちらからも汽車の来る気づかいはない。見通しはよくきくし、警報器は鳴りやんだ。それで「踏切一旦停止」の規則を無視して線路を越すと、近くの青田の中に、帽子を取って青い制服でしゃがんでいた警官が飛び出して来て、「こら待て」をやられるそうである。見通しがきくかきかないかは、警官の判断で、どうにでも変る。そして、「文句をいうなら検事局へ行け」と云うことになる。結局翌日一日つぶして、即決裁判で六、七百円自腹で払って来なくてはならない。

「踏切安全は先ず警官の確認から」というのが、彼等の標語だ。東京でも、「交通安全週間、先ずお巡りに気をつけよう」という言葉がある。どうも変な話である。

弱い橋には、よく重量制限三トンとか四トンとかいう指導標識が立ててある。ところが当節、大型トラックで四トン積未満のものはそうありはしない。五トン、六トン、八トン積みなどというのが沢山走っている。それは平素《へいそ》、お互いに眼をつぶって置くことになっている。そうでなければ、国道筋いたる所でトラックは立往生しなくてはならないからだ。ところが、一旦橋をこわしたり、橋の上で事故を起したら、その責任は「重量制限を無視して通過しようとした」運転手個人にかかって来て、やはり運転手は自腹を切って罰金を支払わなくてはならない。

こういう矛盾したことは、私たちもまた、始終経験した。

第一が道路標識で、これの整備が全然なっていない。東京を出発して間もなく、国道四号線を示す綺麗な標柱があらわれるようになり、これを頼って行けば道に迷う心配はないと思っていたが、そんな物は宇都宮までにさっさと姿を消した。それの代りに煩しい程あらわれるのが、標語を書いた塔や看板で、

「命落さずスピード落せ」「一寸待て酒が車をよろめかす」「居ねむり運転防止」(居ねむりをしていたら読めないだろう)「出すなスピード――佐々木外科」「危いと思った時はもう危い」「みこしを送った気持でハンドルを」(意味不明)等々。そしてそういう標語の大看

板の裾に、読まれたら損のように小さな字で「右白石《しろいし》」などと書いてある。それでも書いてあるのはマシな方で、水沢の少し北方の二叉路で、私たちは完全に道にだまされた。それは、その二叉路から右へ、すばらしい鋪装道路が始り、左の道はデコボコの悪路で、何もサインがないから、当然良い道の方が国道だと思ってそちらへ曲ったのだが、悪路の方が青森行の国道四号線だったのである。こうして道に迷った回数は、殆ど数え切れない。或る標識は逆立ちしており、或る標識は赤くサビついて読めず、また或る標識はカボチャの葉にかくれてしまっていた。

白石の近くで、仙台へ五十八キロのサインを見て、しばらく走ったら、仙台へ五十九キロという標識が出て来、それから約十キロ走ったら、また仙台へ五十八キロというサインがあらわれた。何のことやらわからない。

大ざっぱな勘定をして、道路標識一本千五百円、一キロメートルに三本ずつ新しく建てることにし、全国一級国道の総延長九千二百キロにわたり、標識の整備をやって、ざっと四千百四十万円。これは個人的に見れば巨額な金だが、各県庁所在地に続々竣工しつつある県庁舎の建築費の大体二十分の一ぐらいのものである。おまけにこの道路標識には、一部はスポンサーを――つまり広告をつけることが出来るのだが……。

次ぎはスピードの問題で、時々びっくりするようないい道があらわれて来る。ホッとした思いで七十キロ八十キロ出して急ぎたい所だが、それは大抵市街地の近くだから、道がよくなると同時に、速度制限三十キロのサインが出て来る。ゆっくり走って、やっと速度制限解除の標識を見たと思うと、途端に道が悪くなり、規則ではこれより六十キロのスピードが許されるわけだが、実際に出せるのはせいぜいその半分か三分の一、かくして平均時速市内電車並み、東京青森間二泊三日は相当の強行軍という結果が生まれるのだ。

東北の都市は、陸運に関しては、それぞれが交通不便な孤島のようなもので、島から島へ激浪をおかして通うには、老船長のような熟練と注意とを要する。スケさんの運転ぶりなどは、日本流の手工業的名人芸の域に達していて、タイヤのきしみにも耳を澄まし、ギヤの鳴りにも心をときめかす、下腹に小石がはさまっていてもすぐ気づく。スケさんはカクさんと一緒に、来年読売ラリーに出たいと張り切っている中年男で、敬意は表するが、こういう名人芸に達していないと僅か千八百キロの自動車旅行が安心して出来ないというのは、一人の日本国民としては羞《はずか》しいような気がしないでもなかった。

こういう事実もある。栃木県の悪路から一歩福島県に入ったら、途端にちょっと道がよくなった。秋田県から山形県に入ったら、途端に道が悪くなった。これは、国道が割拠主義の県の役人の手で整備されていた名残りである。東北の県は、心理的にすべて東京の方を向いている。東京に近い県境は、いわば表玄関で、その方面の道には多少気が配ってあるが、東京に遠い裏口の県境はほったらかしなのだ。これまで、県の土木課と政府の直轄工事との間には明確な区別が無く、国道はすべて建設省の手で行なうという大方針(?)

が決ったのは、僅か一年前である。そして驚くべきことに、日本の道路工事が、ニコヨン式エンヤコラをやめて、一部、バッチャー・プラントやミキサーやバイブレーターの機械類を使い出したのはやっと昭和二十七年度からであった。砂利をまいて、通る車に踏み固めて貰って、自然沈下を待って鋪装するという方式が改められ出したのも、二、三年前からである。ダムの建設工事の機械化と較べてみれば、道路工事の機械化が如何に遅れていたかがわかるであろう。

五日目、私たちは秋田発、新潟泊。六日目、新潟より直江津を経て長野へ出、戸倉泊。本来なら、上越線に沿って新潟から越後湯沢、後閑《ごかん》を通って高崎、前橋、東京と国道十七号線を走る筈であるが、この十七号線は起点東京終点新潟と公称しながら、実際は途中の三国《みくに》峠、自動車が通れないのである。現在、一級国道で自動車が通れないというのはここだけだそうだ。（国道十七号線は、その後一九五九年六月に全通した。）もっとも今年の何月かまで、徳島高知県界には、国道に橋が無くて、渡し舟で人が通う所があった由である。

私たちはこの旅の間、パンクを二度やっただけで殆ど事故らしい事故は起さなかったが、六日目の日が暮れてから、高田より長野へ越す途中、私が運転当番で、とうとうドアの横を石でガリガリひっかいてしまった。スケさんが陽気になって、敗戦の翌年九州で狸に化《ば》かされた話などバック・シートで大声でしゃべっている間に、ほんとうに狸に化かされたような具合に、いつか飯山街道という廻り道の狭い山道に迷い込んでいたのである。敢えて弁解すれば、これも、新井町という所で、道路標識が無かったためだ。九十九折の夜道を、右へ左へと急カーヴを切っていて、左の車輪がやわらかな路肩を崩したナと思ったら、石で横腹を傷けていた。私は引責辞職、カクさんが当直になり、それから暫くして、鏡花の「高野聖」に出て来そうな急流に、嵐で橋が落ちて、泥だらけの仮橋の掛っている所へ来た。カクさんも辞職してスケさんがハンドルを取ったが、これが全行程第二の難所で、流石《さすが》のスケさんがスリップさせ、危く車を川の中へ落しそうになり、総員雨の中で泥まみれになって、約一時間エンコの末、部落の人々に力を貸してもらってやっと切り抜け、十時半ごろやっと戸倉温泉までたどりついた。

七日目、最終日は、戸倉から浅間山の噴煙を眺めながら軽井沢を通って碓氷峠の立派な舗装路を下り、東京へ帰る道は、最も楽な一日で、特記するほどのことは何も無かった。

途中私たちは、沿道の民家の人々の声や、道路工夫の声も出来るだけ聞くようにつとめたが、人々は不平を云う気持より、どうやらあきらめの気持の方が強いように見受けられた。国道筋の民家で、泥と埃だらけのハメ板を雑巾《ぞうきん》で老婆が洗っている姿は、全くの賽《さい》の河原の感じである。仏壇の中、押入れの中まで埃がつもるそうだ。トラックのはねた石が表のガラス戸を割って飛びこみ、更に部屋の中のガラスを割って、奥の部屋まで飛びこんで来るなどという例があるそうである。沿道の人に云わせると、定期便のトラックの運転手が最もタチが悪くて、若い娘やアベックを見かけると、わざと蛇行運転をして頭から泥水を浴びせかけるそうである。そして、ガラスが割れても、瘤《こぶ》が出来ても、泥水を浴びても、すべて泣き寝入りで何の補償も無い。安中《あんなか》の煙草屋では、ガラスのウインドウの前に、大きな金網をはって石よけをしているのがあった。

かかる日本の悪路、それではもうとても、希望が持てないのかという問題が最後に残るが、実は多少の希望を私たちも持つことが出来そうなのである。

大変な遅まきではあったが、昭和三十三年度から、道路整備五ヵ年計画なるものが始っていて、昭和三十七年には、一級国道の七十パーセントは鋪装を終る予定だ。

これも大変な遅まきで、外国ではとっくの昔に実行していることだが、ガソリンの消費税を道路の改修建設に使うことも、五年前から実施され始めている。建設省には今、初めて道路ブームが訪れて、道路局の役人たちは予算を貰っても人間の方が足りず、可成《かな》りのオーバー・ワークをやっているらしい。

今まで私は、悪路のことばかりを書いて来たが、私たちの旅の間にも、いたる所で本式の道路工事が始っているのを見、例えば郡山《こおりやま》の南の須賀川のバイパスや、本庄から大宮へ向かう道などは、アメリカ並みの国道がほぼ完成しかけている。この、建設省の工事のほかに、自動車専用有料道路の建設を仕事にしている日本道路公団の活躍も、大いに期待したいものだ。

五年たったら、日本の道路はよほど姿をあらため、十年たったら全く面目を一新するかも知れない。しかし、今から新しく始めるのだから、三十年五十年後の日本の交通の事を考えて、うんとしっかりしたものを作って置いて欲しい。道路の鋪装は、深さ二十三センチのコンクリート鋪装で、一キロメートル、二車線として約千五百万円、東京青森間完全に鋪装し直しても、二百億円はかからない筈である。

国鉄の東京大阪広軌新線の建設費二千億に較《くら》べたら、安いものなのである。三千億円使うと、日本中の一級国道は一応全部鋪装出来ると云われている。これからの日本の交通問題で、何が先で何が後か、金の使い道のウェイトはどこにおくべきか、みんなでよく考えて、見守っている必要がありそうである。

それはそれとして、私たちは今から五年経ったら、もう一度東北日本一周の自動車旅行をやって報告を書きたいものだと思っている。

機関士三代

山陽本線・姫路第二機関区にて（向う側が著者）

私の家は姓を松井と云い、私自身の名は小太郎と申します。私は国鉄の電車運転士です。私はかねて、NHKテレビの人気番組の「私の秘密」に一度応募してみたいと思っておりました。無論、解答者やスタジオの客として応募するのではなく、「秘密」の持主としてであります。手紙で申し込めば、NHKでは、おそらく、私ども松井家の「秘密」を採用してくれたのではないかと思います。

と云いますのが、私のところは親子兄弟、国鉄に関係の深い一家で、殊に祖父の虎太郎から孫の私まで、家の長男が三代つづいた国鉄の機関士で、しかも三人とも特急をひいた、或いは現にひいている特急機関士で、これは国鉄四十五万職員の中でも、ちょっと珍しい存在ではないかと思うからです。

もっとも、正確に申しますと、初めに書きました通り、私は機関士ではありません。私が運転しているのは、例の、新しい電車のビジネス特急「こだま」で、私は電車運転士です。所属は大阪の東淀川区にある宮原電車区であります。

私の一家は、ずっと関西に住んでおります。私は今年二十六歳ですが、私の学校時代は、戦後の窮乏時代であって、修学旅行というようなものも無く、私はまだ東京を知りません。

ビジネス特急の運転士が東京へ行ったことがないのかと、よく人に云われるのですが、実際変な話のような気もするが、行ったことが無いのだから仕方がありません。

御承知と思いますが、大阪または神戸から上りの「こだま」を受け持つ宮原の乗務員は、名古屋で大垣電車区の運転士と交替します。ですから、大阪東京間六時間五十分の特急電車を運転しながら、名古屋以東はさっぱり縁がありませんのです。国鉄の職員乗車証——所謂《いわゆる》パスは持っておりますが、なかなか暇も金も無く、議員さんのようにはいかないのです。

意地きたない話と思われるかも知れませんが、そういうわけで、もし「私の秘密」に採用されれば、テレビに出るという晴れがましい興味もさることながら、私は生まれて初めて、祖父と親爺と連れ立ってお江戸拝見が出来るかと考えたのですが、うちの祖父さんが、これがもう、全然頭が古くて、許してくれませんでした。

祖父には第一に、大切な勤務を休んで東京へ行くなどということが気に入らないし、たといううまく日程が作れて、また区長や管理局の許可が取れても、お上の仕事を、面白ずくの演芸番組に利用するなどは、以てのほかだと申します。「お上の仕事」というのだから、どうも恐れ入るより仕方がない。

祖父が参加してくれなくては、「秘密」が完成しないので、私もあきらめ、多少乗り気であった父もその気が無くなり、そのかわりというのも変ですが、三人でこういうものを書いて残して置いてみようということになりました。

祖父は、現在、西明石の家に隠居をしておりますが、身体は至極頑健で、毎日ぼつぼつ畑仕事など手伝っております。私の父の作次は、これは現職で、姫路の第二機関区におり、山陽本線の「あさかぜ」や「平和」などの特急の蒸汽機関車を運転している機関士です。

出来た話は、年順で祖父の分から始めることに致しましょう。

祖父の話

私は今年、数え年七十七の喜寿を迎えました。

「ふる雪や明治は遠くなりにけり」

私の好きな句です。いい句でございますな。まったく、何も彼《か》も遠い昔のことになりました。

機関車を下りて、はや二十五年が近くなりますが、苦労は多く責任は重うございましたが、蒸汽機関車というものは、なかなかに味のあるもので、男らしいやり甲斐のある仕事でした。生涯をふりかえってみて、私は満足と感謝の気持でいっぱいです。

当時のことと云えば、なにしろ、学歴も無い二十幾つの小僧が、何百人もの貴顕淑女を乗せた長い大きな列車を、黒光りに光る機関車で、自分の腕一つで、威勢よくドレーン

（凝結水）をまっ白に吹きあげて、重々しく引き出すのですから、それは実に愉快なものでございました。

自分の乗る機関車は、飼い犬というか、飼い象とでも申しますか、一本々々のピンにまでこちらと心のかよいあった、愛すべき生き物でありまして、一旦乗務してハンドルを握ると、自分の指の先から機関車の鋼鉄の胴に、自分自身の血が通じるのが感ぜられるものです。

部品の一つ一つは非情な鉄ですが、それが組み上げられ、真鍮の文字板で番号を打たれ、ライトがともりますと、これはもう、明らかに一つの生き物で、こちらが可愛がってやれば、はっきりそれに手応《てごた》えを示します。

私は、機関車の運転室を、門徒の仏壇のように磨きあげ、前部のバッファも白くピカピカに磨いて置くのが好きでした。その美しい蒸汽機関車が、終日私の思い通りに働いてくれて、少し疲れて、しかし寸秒の狂いも無く庫へ帰って来てぴたりと止まると、私は要所々々を油布で軽く撫でてやってから下りたものです。それから機関区の風呂へ入って、煤《すす》のよごれと汗を流し、手足をのばして筋肉のこりを揉みほぐす心持は、格別です。

それですから、停年が来て、機関車と別れた当座は、まるで子供と生き別れをしたようなぼんやりした気分になって、毎日、もう乗ることのなくなった蒸汽機関車を見に、山陽線の踏切のそばまで、こっそりかよって行ったものでございます。

このごろでは、蒸汽機関車に対する愛着というようなものは、本職の機関士どもより、むしろ部外の、いわゆる鉄道ファンの方々の方が余計に持ち合せておられるらしい。あの、腹にこたえる汽笛の音のよろしさや、エア・コンプレッサーのポッスンポッスンというようなつかしい響は忘れて、誰も彼も出来ることなら電気機関車にでも変えて欲しい、楽な仕事、楽な仕事と志す御時世のようで、つまらぬことでございます。

大体が、ちかごろの若い者は、少しの苦労でもすぐに不平を云い、理窟ばかり多くて、一人前の仕事も出来ないのに、取るものだけは十二分に取りたい、機関車を愛し、機関士を天職と考えてほんとうに自分の仕事を大事にするという心掛けが足りない。いやいやなった職業ならやめればいいのですが、そうではないので、すぐ初心を忘れてしまうのです。だから、機関車をタネにしてテレビにでも出て見ようかというような、料簡《りょうけん》ちがいのことを思いつくようになります。孫のことですが、これはお恥ずかしい話でございます。

蒸汽機関車というものは、自分で石炭を焚いて自分で動力を作り上げて走っておる、独立した生き物で、変電所からパンタグラフに電気をもらって、スーコラスーコラ走っている電車などとは、わけがちがいます。東海道線に電車の特急が誕生したのも、皇太子殿下が民間からお妃をお選びになったのと同様、これまた御時世ですが、一体私とこの孫のような、電車の運転手に、特急の仕事がやれるものかと、私は大いに危ぶんでおりました。

しかし「こだま」号も発足して二ヵ月半になり、小太郎も、一応事故もなく御奉公しておるようで、先ずは結構なことと思っている次第なのであります。

私は生家が、京都の梅小路《うめのこうじ》機関庫の近くにありまして、小さい時から毎日機関車を眺め、機関車の音を子守唄のように聞き、機関士になることを夢みて大きくなった者です。

さる人の引きで、その望みが叶えられて鉄道に入りましたのが、明治三十年代、日露戦争の前で十九歳の時でしたが、無論最初から機関車に乗せてもらえたわけではありません。機関夫という名で、先ず、スポークとか、ホイルとかロットとかサンド・ボックスとかいう、機関車の三千幾つの部品の名称を全部英語で覚えさせられ、そして明けても暮れても、掃除々々々々の連続でした。

日本に最初に鉄道技師として渡来したのは英人エドモンド・モレルであったし、機関士は、長く、ダブルの服を着用した英国人の雇員が勤めていた関係でございましょう、機関車関係の呼称には、古い時代ほど英語がたくさん使われており、また機関車以外でも、操車掛はヤードメン、信号掛はシグナルメン、車号掛はノンバーメン、駅はステイションという具合に、すべて英語でした。民間では、このステイションを訛《なま》って、よく「ステンショ」と申しておりました。ショは税務署や警察署の署で、汽車がスッテンととまるお上《かみ》の役所という連想でございましょう。

余談になりますが、創始時代の「ステイション」に掲示されていた注意書などは、ざっと次ぎのようなもので、サービスサービスで旅客から職員が剣突《けんつく》を食わされる現今とは、およそちがっていたものであります。

曰く、

「来ル五月十一日ヨリ此表示ノ時刻ニ日々大阪並ニ神戸『ステイション』ヨリ列車出発ス。乗車セムト欲スル者ハ遅クトモ此表示ノ時刻ヨリ十分前ニ『ステイション』ニ来リ、切手買入、ソノ他手都合ヲ為スヘシ。但シ発車並ニ着車共必ス此表示ノ時刻ヲ違ハサルヤウニハ請合カタケレトモ、可成遅滞ナキヤウ取行フヘシ。マタ旅客中乗車ヲ得ルト得サルトハ車内場所ノ有無ニヨルヘシ」

又曰く。

「時刻ヲ省クタメ乗ラムト欲スルトコロノ車ノ賃金ノ定数ヲ過不足ナキヤウ自ラ用意アラムコトヲ求ム。

旅客ハ出札所ノ窓ヲ退ク前ニ切手並ニ釣銭ナトヲ改メラレムコトヲ欲ス。後ニ間違ナト申出ルモ聴入レカタケレハナリ」

当今こういう掲示を駅に出しましたら、それこそ世論の袋叩きにあいますでしょうが、その意とするところは、責任の重い鉄道輸送に、乗客の規律と協力とを求めたもので、サービス過剰気味の今の状況と比較して、必ずしも官尊民卑の弊風という風には、私は思いませんのです。

私は修業時代を福知山機関区で過ごしました。炎暑の候に、高温の機関室の中で、煤《すす》と油で真っ黒になって掃除を続けておりますと、二、三日で身体がすんなりと、目方の落ちて行くのがわかりました。たまに家族や友人が面会に来ますと、さすがに、アフリカ人のような顔を差出すのが恥ずかしい気がしましたが、それでも決して、今に日本一の機関士になってみせるのだぞという自負と誇を捨てたことはありませんでした。しかしまったく、雀でも、機関区の近所の雀は色が黒うございます。

機関車を磨くボロぎれが不足しますので、帰省したおりに、母親からボロをたくさん貰って来て、寄宿舎の手箱の中に隠しておいて、それで機関車を思うようにピカピカに光らせて、讃《ほ》められるのが嬉しゅうございました。

今の若い者は、布ぎれなどは存分のあてがい扶持《ぶち》で、通勤するにも駅長か助役かわからんような恰好で、機関車よりも手前の頭の方をテカテカに光らせて出て参りますが、いい気なものであります。修業中の庫内手――庫内手と云わずに整備係などというらしい――が機関車のよごれより、自分の服装の方を大事にするようなことでは仕方がありますまい。

私らのころは、何しろお上に捧げた身体だという覚悟が皆しっかりしておりました。徹夜の勤務の時には、四銭五厘の徹夜料がつきます。そのかわり、夜通し休むことは出来ない。徹夜料を頂戴して寝ておるとは何事かというので、怠けてズルをして、仮睡をしておるのなど見つかりますと、先輩から「解剖」ということをされまして、急所の先に黒い油を塗られたりいたしたものです。

いよいよたまらなくなると、機関車の前部の例のまるい扉――煙室戸から中へ入って、掃除中のスモーク・ボックスの中で、隠れて寝たものです。失敗があったり怠けたりして、先輩から横面《よこっつら》を叩かれるぐらいはお安いことで、先輩の機関士との間柄は、厳しい師匠と弟子とのような間柄でした。

私、よその方から聞いた話でございますが、映画の方の仕事で、新米の助監督さんというものは、用事が無くても走っておれというくらいのものだそうで、すべて修業中というのは、そういうものでなくてはならないと存じます。

やがて私は、火夫見習の資格試験を受けるために、福知山から京都へ派遣されまして、そこでその試験に合格して、ようやく長年の夢であった機関車の乗務をすることになりました。

火夫は機関車の罐焚《かまた》き、今でいう機関助士でございます。これが、投炭の姿勢やショベルの持ち方から教えられて、一人前になるまでには、非常の猛訓練を必要といたします。先ず、模型火室の投炭練習から始めるのですが、石炭を平均して完全に燃焼させるためには、一定の時間内に、広く所定の位置に順々に石炭を散布して、完全な火床――つまり石炭の層を作らねばなりません。

機関士の側から申しますと、火夫を上手に使いこなすことが、機関車運転上の最も大切なことの一つで、また火夫の側から云いますと、上手な投炭をして充分な蒸汽を作って、その上石炭の消費に無駄の無いように心掛けて、機関士に安心して、意のままの運転をしてもらうことが大事です。二人の呼吸が、いつもぴったり合っていなくては、この図体の大きい可愛い生き物は、駄々をこねます。

重い列車を引く時、急な上り勾配を上るとき、汗で眼が見えなくなっても、トンネルの煤煙で息がつまっても、機関士の引きしめる手綱に呼応して、火夫はこの大食いの生き物に、滋養のある石炭を、己《おのれ》をむなしくして食わせてやらねばなりません。

こういう重労働ですから、火夫機関士は、総じて短命でございます。私のように、退職まで人生の三分の二を機関庫で暮らして、その後長く恩給を頂戴しながら喜寿を迎えたような者は、機関士の中には、そう大勢はおりません。

それは、一つは、私が青年時代から、遊びと云えば、公休の日に弁当をたずさえて野山を逍遥するという風な、清遊ばかりを心掛けたのがよかったのかも知れません。

私は若いころから、酒も煙草もたしなみませんでした。勝負事にも手を出したことはありません。近年のように、機関車電車の乗務員が、賭け麻雀にこってねぼけ面《づら》をしておるなどということは、当時は無かったように思います。

そのかわり、昔は機関士にも豪傑の風がありました。昭和八年の秋に、初めての孫が生まれました時、祖父の私が名をつけまして、それが只今「こだま」号の運転士をしております小太郎ですが、これは私の名の虎太郎をちょっともじったわけでありましたけれども、名は体をあらわしたと云うのか、どうも人間がせかせかしておって、小ぶりでいけない。

昔の機関士の豪傑ぶりと云えば、今でも福知山線では、夜中にヘッドライトに眼のくらんだ狸を轢《ひ》くことがよくあるようですが、私など、機関車の轢いた狸を持ち帰って、同僚と狸汁を作って食ったりいたしました。なにしろ、みんな食い意地は張っておりましたです。

一冬、舞鶴で鰤網《ぶりあみ》に鰤が非常にたくさんかかったことがありまして、京都までブリ列車を運転することになりましたが、鰤のあぶらがレールの上へたれて、車輪がすべって仕方がない。上りをうまく上れそうもありません。魚の方は、獲《と》れたというと、十万尾も十五万尾も獲れて、塩が足《た》らんという騒ぎで、京大阪の市場へはかすより、網元は手がないのですが、列車の本数は少ないので、こういう臨時貨物が運転されることになったのです。しかしむつかしい乗務になって来そうだと思っておりました。

貨物駅で魚の荷の差配をしている網元のおやじに、

「おっさん、えらい大漁で、えびす顔しとるなあ。罐屋《かまや》にもちっと裾分けせんかい」と機関車の窓から申しますと、網元は汽車が遅れてくれて魚がくさっては大変ですから、

「そうかそうか。その心持わかるわい。一つこれで景気をつけて、しっかり蒸汽上げて行ってくれなされ」と、大きな鰤を、運転室の中へ五尾も積みこんでくれました。

この時は、京都へ着いてから、鰤の刺身を肴に、いける口の者は一杯やるし、私は大飯

を食らいまして、食い過ぎか、それとも機関車の床へじか積みしておって、火熱で腐ったものか、翌日はみんな腹こわしをして、勤務に支障が生じ、上役から大目玉をいただきました。

もう一《ひ》と時代前になりますと、機関車の中で天麩羅《てんぷら》をやったという話がございます。当時マッチ箱式の客車の、夜のあかりは、すべてランプで、信号機の灯なども皆ランプでしたので、ランプ屋とか清燈夫とかいう掛りの者がおりました。このランプ屋からランプ用の菜種油をもらって置きまして、浜で取れて貨車に積みこんだ車海老を、石炭をくべるショベルを鍋にして、火は上等の火が燃えておりますから、機関車の中でジュウジュウ揚げて食うのであります。暢気《のんき》と云えば、一方、まことに暢気な時代でもございました。

火夫見習になってから五年目に、私は大阪機関区に転勤になり、そこで、

「命機関士、月給二十五円也」の辞令を受取りました。

国家の貴重な財産である列車機関車と、陛下の赤子であり、或いは国の賓客である人々の大切な人命とを預って、いよいよ自分の腕で走るわけで、責任は一層重くなりましたが、機関士として最も気分爽快に感じる時は、やはり、機関車の調子がよく、正確に定時、定時と走って行く時で、月明の晩、金波銀波のただよう海辺を、沿線の風物を大きな機関車の黒影で撫でながら正確な運転をしておりますと、

「愛鷹山《あしたかやま》や富士の高嶺はるかになりて天《あま》つみ空のかすみにまぎれて」と、謡曲の一つもう

なりたくなるのであります。

　急行列車を牽引しながら夜が明けて来て、山の端《は》から金色の光が湧き出し、太陽が昇って、早朝の美味しい空気を胸一ぱいに吸いこむ時も、実に気持のいい、機関士ならでは味わえぬ気分でございましょう。

　しかし、私の長年の機関士生活の中で、一番緊張をおぼえ、感動した時といえば、それは初めて東海道本線の特別急行列車を引いた時と、それから今の陛下が御即位になって間もなく、そのお召列車を引く光栄をになった時であります。

　国鉄の特急は、私が鉄道へ入りまして数年して、あれは明治三十九年でございましたか、新橋神戸間に、一二等の最急行というものが走り始めましたが、これはスピードも未ださほどのことはなく、真の特別急行とは申せません。明治四十五年の六月に、

「一二等急行列車を下の関まで延長し、新橋・下の関間特別急行列車と称し、客車の組成その他左の通改善相加へ候」という布告が出て誕生した列車が、これがほんとうの特急の始りで、この列車は欧亜連絡の役目を果す国際列車級のものとして、その当時としては劃期的な一等展望車や、食堂車がついて、全部で一二等の七輛編成でございました。

　この特急運転の初期時代には、列車長という者が列車に乗務しておりまして、青い腕章に「シェフ・ド・トラン」とフランス語の刺繍《ししゅう》を入れて、華族顕官、アメリカから着いた観光客、北京《ペキン》、ハルピン、モスコーやヨーロッパへ向かう旅行者たちの面倒を伺くれと

なく見たものでございます。

一体が、今の車掌という言葉は、すべてアメリカ風で、一歩先一歩先にと新しいことを取り入れて実行しておりました山陽鉄道から伝承して来たもので、山陽鉄道合併以前は、官鉄では車長という用語を用いておりました。

こんにちでも、乗客専務の事を国鉄部内では「カレチ」という略語で呼んでおりますが、これは「旅客列車」の「列車」の「長」の意味であります。荷扱専務は「ニレチ」と申します。

みなさんが列車にお乗りになって、ちょっと専務に、「カレチさん」と呼びかけて御覧になりますと、専務は内心オヤと思って、みなさん方のことを、これは余程鉄道部内の事情をよく御承知の方にちがいないと考えて、敬意を表するかも知れません。

この、特急の「シェフ・ド・トラン」や機関士を、私は羨望の念を以て眺めておりましたが、その後約十年して、私にも特急機関士の役が廻って来ました。

表定速度は五十一・二キロで、東京大阪間を十一時間四十五分で走り、初期の特急にくらべて僅か一時間あまり早くなっただけで、こんにちの「つばめ」号、「はと」号、「こだま」号などと較べては、お話になりませんが、それでも非常にはやい優等列車を運転するのだという、強い緊張をおぼえたものでございます。

等級も、今申し上げました通り、一等二等のみで、一等客の方が二等客より多かったような列車ですから、大臣級国賓級の方々が乗っておられることは始終で、ブレーキ一つかけるにも、頗《すこぶ》る気を使いました。

三等特急が出来て、東京下関間を、この一二等特急と雁行して走るようになり、三等旅客にも特急利用の道がひらけましたのは、大正十二年の夏からで、この二本の特別急行に「富士」と「さくら」の愛称がつきましたのは、これは昭和になってからのことでございます。

特急を引きました機関車は、C51型であります。これは国産の非常に立派な蒸汽機関車で、私の可愛がりました罐《かま》の一つは、今、福知山機関区でまだ元気に働いておりますが、私、先年福知山へ行きましてこれに逢いましたおり、何だか、向うも私を憶えてくれておるのではないかというような気がいたしました。

お召《めし》の場合は、無論特別急行運転の比ではありません。

お召列車を引く機関車は、本務一台、予備二台、いずれも一ヵ月まえから鷹取の工場へ入れまして、全部分解し、一つの割りピンでも三人がかりで掃除や検査をいたします。さらに、専門の者が、顕微鏡で見て、苛性ソーダで洗って組み立てるという、それだけの念を入れたのでございます。

駅の方にしましても、陛下御着輦《ごちゃくれん》の二ヵ月前ぐらいから、それはもう不眠不休で、フォームの天井裏から綺麗にしてかかり、御眼にとまる筈の無いところですが、フォームの下の石垣の石まで、タワシと石鹸で二度三度洗い立てたものです。そして警備の人間を立てるにしても、このポイントへ誰、この階段下に誰、通路の端に誰、それを鉄道側から出すか巡査に出てもらうか、判任官を三人に一人置くか五人に一人程度にするか、そのまた指示書が、分厚いのが一冊来て、熟読拝見してやっと頭に入れたと思うと、変更取消の通達が参ります。それも、国鉄上層部の意向、宮内省の意向、警察の意向と、事毎に交錯し、食いちがいまして、お召が実際に一本走るまでは、並大抵のことではありませんでした。

私はお召の機関士に自分が内定しておることを、知りませんでしたが、警察から私の家と近所とへ、私の素行調査に来て、首をかしげておるうちに、隣りの奥さんから、

「松井さん、この度はおめでとうございます」と云われて、逆に教えられました。

そのうち、健康と血統についても、厳重な調べがありまして、近親に脳の病気のある者はないか、血圧は正常か、心臓病はないか、それらがすべてよろしいとなって、いよいよ本決りに、光栄のお召列車の機関士を命ぜられたわけです。この時は大阪の新聞に、私の名が出ました。

当日の朝は、家に注連縄《しめなわ》をはりまして、家族の者もすべて斎戒沐浴《さいかいもくよく》、私が一番に水垢離《みずごり》を取って家を出ましたが、運転中は何しろ、もう無我夢中でした。沿線には、約一町置きに、線路工夫と巡査が立っております。師団の兵隊が、直立不動のこちこちの姿勢で捧《ささ》げ銃《つつ》をして、列車を見送っております。それがちらりちらり眼に入りますと、何ぶん私の方

は御通過の間だけ最敬礼しておれば済むのとはちがいますので、もう次第々々にのぼせて来て、こちらの身体もこちこちになって来るようで、白手袋をはめた指など、先がこわばって来る感じがいたしました。

一つ間違いがあったら、腹を切ってお詫びをする覚悟でしたが、無我夢中のうちにも、京都駅のフォームの所定の位置へ、陛下がお降り立ちになる絨緞《じゅうたん》と昇降口のステップとが一センチの狂いもなくぴたりと合うように、そして一切衝動なしに静かに停車させることに成功いたしました。これは勿論、前々から何回となく練習を重ねていたのでございますが……。

私どものような者が、天皇陛下のお供をし、こうして陛下のお命を預るというような重い役目を、一生のうちに一度でも持ち得たということは、機関士という職業の冥利《みょうり》で、その仕事に長年打ちこんで来たればこそのことでございまして、この折の光栄の写真は、今でも神棚に上げて、誰にも下ろさせないでいるのであります。

父の話

私は虎太郎の長男、小太郎の父の松井作次でございます。

父の感化で、国鉄の機関士になり、蒸汽機関車の運転に明けくれて私自身がもう長い年になりますが、停年が近くなってから、目下電化養成の受講中で、蒸機と電機と両方かけ持ちのかたちになっております。

それと云うのは、私の籍のある姫路第二機関区は、山陽本線の旅客列車だけを専門に受持っている機関区で、昨年姫路までの電化が完成したしまして、蒸汽機関車の数もだんだん減って僅か十二輛になり、近く岡山まで電化区間が延びますと、この姫路第二機関区も、完全に電気機関車の庫に変ってしまうからであります。

私などは、やはり年齢のちがいでしょうか、父の考えとは異りまして、電気機関車に変るの、大いに結構だと思っております。

それは、何と云っても、見通しがよくきく。蒸汽機関車の、罐《かま》の横の小窓から、僅かな視野で前方に神経を配っておるのとちがいまして、電機になりますと、広いフロント・グラスから両側を充分に見通して、安心して運転することが出来る、これが何より有難いのであります。

それから、例の煤煙の苦しみからも解放されます。試みに、夏のさかりに上り勾配のトンネルを通過する蒸汽機関車に乗ってごらんになるとびっくりなさると思いますが、それはちょうど、高熱の蒸し風呂に入って、煙で身体の芯から蒸し上げられるような感じで、馴れた者でなければ、咳がたてつづけに出て、とても眼も口も開いていられるものではありません。その中で、前方の注視、信号の確認、定時運転の励行をやるのですから、世間の方が考えておられる以上のつらい仕事だと云えると思います。

蒸汽機関車の乗り心地というものは、敗戦直後、列車がひどい混みようで連結器の上に乗って旅をなさった経験をお持ちの方だとよく分っていただけるのですが、まあ、あの連絡器の上に乗っかっておるような、ガタガタガタガタしたものです。これが、スピード・アップの要求で、C59型などに乗務し、特急の「かもめ」や「あさかぜ」を引いて、時速九十キロも出しておりますと、自分でおかしくなるくらい、腹が波打って、身体がヒョックンヒョックン揺れます。助士など、うっかりしておると、運転室の中で、片方の端から片方の端へ叩きつけられてしまう。

電気機関車の運転にも、いろいろ苦心は要りますが、こういうことはなくなり、清潔で楽な乗務が出来るようになるわけで、仕事が楽になっていけないということは、別にあるまいと私は思うのです。

それに、父の時代には、個人持ちの機関車がありまして、それこそ生き物のように可愛がって、ピカピカに磨き立てる楽しみもありましたようですが、今は機関車運用の面、勤務割の面で、そういう個人持ちはありませんから、父のように、蒸汽機関車に惚れて惑溺しているというような人は、殆どおりませんでしょう。

これで、蒸汽機関車の姿がまったく見られなくなれば、毎日手がけて来た機械のことですから、なつかしむ気持も出て来るかも知れませんが、目下のところは、私ども先ず、百人のうち九十九人までは電化歓迎派なのであります。

父はしかし、今でもあれだけ蒸汽機関車を愛しているだけあって、やはり名人でした。機関車の運転台の下に中心点というものがありますが、時計の秒針が指定の時刻をさしてゼロになるのと、この中心点が停止位置の標識に合致するのと、三つをぴたりと合わせるというような芸当が出来たそうです。私などは、なかなかそこまでは行きません。

昭和の初頭に、東京下関間の三等特別急行下り三列車、上り四列車に「さくら」という愛称がついた時、

「桜ひいて梅田出て行く松井かな」という俳句みたいなものを、大阪駅の助役が色紙に書いて父に呉《く》れましたが、父の名人ぶりは、関西方面では、それは誰もが認めておりました。

梅田というのは、御年輩の方は皆御存じですが、大阪駅のことです。

大阪駅の位置は、はじめ大阪の中心地の堂島あたりに設定する筈であったのだそうですが、地元から「火を吐く岡蒸汽はいやや」というはげしい反対があって、市外の、摂津の国西成郡曽根崎村梅田三昧に建設することに変更になり、これが現在の大阪駅の在るところで、それ以来、大阪の駅は長く、梅田々々と呼びならわされて来たものだそうであります。

機関士のつらいところは、労働のはげしさのほかに、普通の人間なみの暮らしが出来ないことでありましょう。

家で女房子供と一緒に寝るのは、一週間のうち三日程度です。それも、朝起きて勤めに出て、夕方ひけて、おでん屋ででも一杯やって、家へ帰って、人の寝る時間に寝るというようなわけには行きません。

午前三時、四時の出勤というようなことは、日常のことでありますし、その三時四時も、実は、列車のダイヤに合せまして、三時二十三分出勤とか、四時四十六分出勤とかいう具合で、

「お早うございます」と、鞄を片手に遅刻して駆けこむというような、勤め人の真似は、絶対に許されません。そんなことを、ちょいちょい認めていた日には、列車が時刻表通り走らなくなる。

この間、私のとこの庫の、若い機関助士が、近所の高校生から、

「午前二時の男」と云われて、くさっておりましたが、帰宅もしたがいまして、午前二時であったり、一時であったり、あるいは昼飯時分であったり、毎日不規則で、夜中に帰宅するからと云って、タクシーを使うような金は誰も持ち合せがありません。時には、弁当だけ取りに家に帰るという風なことになるのであります。

機関区の時間観念がどのくらい厳格かというと、ちかごろは年の功で、私など叱言を云う方の立場になりましたが、午前三時二十六分なら三時二十六分の出勤が、三時二十六分四十秒になったら、それは猛烈な勢いでおこられます。

人間が堅苦しく、偏屈に出来上るわけで、機関士稼業は、駅の人間のように口でうまいことをいうのは、どうしても下手で、したがっていつでも少しずつ、損な役廻りを押しつけられているような傾きがあります。

機関士の家庭では、眼覚し時計の正確な奴は必需品ですが、しかしこれも、長年やって馴れて参りますと、出勤時刻マイナス通勤時間マイナス三十分ぐらいに、大体ぴたりと眼がさめるようにはなるものです。

しかし、夜半の乗務が毎度ですから、昼間寝ることになるのですが、陽はかんかん射しこんで来る、米屋が来る、ラジオの集金が来る、勝手口の隣りが寝室だというような家で、昼間熟睡が出来るかというと、とても出来はしません。

私は、勤務を終って家へ帰りますと、それからすぐ床に就《つ》くのですから、食事はあつくさらりとしたお粥《かゆ》三杯と決めておりますが、子供が小さいころには、女房はこのお粥だけ作って置いて、私を静かに寝かせるために、すぐ子供等の手をひいて家出をしてくれたものです。私の方でも、女房の志を徳として、必死の覚悟で眠ったものでした。

普通の人ですと、疲れた時、眠くなった時に眠ればよろしいのでしょうが、私どものは、今晩眠くならないために寝て置くのです。

それでも、私の家庭は、父が機関士であったために、家族の者全体、この点に理解がありましたのですが、農村出身者で農家から通っておる者は、可哀そうであります。

平素は皆、わかってくれておるのでしょうが、猫の手でも借りたいという農繁期になりますと、いい若い者が、ひるまから布団かぶって寝ておるというと、どうしても父親や兄弟の眼つきが変になってくる。

「よっしゃ。わしも稲刈りやるわ」というわけで、睡眠を取らぬままで、次ぎの勤務に出て来るので、これが一つ間違うと大事故の原因になるのであります。

アメリカの鉄道の機関士の社宅には、暗室が付属しておるということで、また日本でも、北海道の或る炭坑には、夜勤者用の暗室の設備があるそうですが、国鉄でも、機関車乗務員のために、こういう点を考慮してもらえると有難いものだと思います。

不平ばかり並べまして恐縮でありますが、正月くらいはゆっくり休めるかというと、それが全く反対で、年末年始の臨時列車というのが幾本も出ます。限られた人数の機関士や助士で、これをすべてさばいて行くのですから、どうしても超過勤務を要求されることになりまして、毎日特急をひっぱっておっても、特急に乗って正月の旅行に出るというような楽しみとは、およそ縁が遠いのです。

しかし、父の時代の機関士は、或る意味では恵まれておりました。

一般に、公務員の中では、鉄道職員が一番給料が高かったのです。鉄道員は昼夜の別なく働く、日曜祭日無しに働く、常に危険にさらされている作業である、という風な意味合いからであったと思われます。ボーナスというものも、公務員の中では、鉄道員が最初にもらったものだそうです。そして、駅員よりも、技術関係の実務者は、給料が二割五分程度高かった。大正の初期に、日給三円で、手当を含めて月に百円取っておった人が、必ずしも少なくなかったのです。これは、当時としては、相当の高給であります。

ところが、戦後は、公務員として、正月無しの機関士も、夏休みのある学校の先生も、みな同じことになり、鉄道がわりを食いまして、その中でも技術関係の者が、最低賃金制でまたわりを食いました。

不平ついでに申し上げれば、勤務は昼夜兼行で危険はごつい、その裏打ちは何も無いというのが、私ども機関車乗務員の愚痴でありましょう。

この姫路第二機関区で、特急の運転をする機関士は、私も含めて十人ばかりで、そのうち私が最古参ではあり、父のような名人機関士の二代目とは云われますし、往々なだめ役に廻らねばならぬ立場ですが、特急の機関士というのも、掛け声の栄誉だけで、やはり裏打ちは何もありません。その上、何か事があれば、すぐ、

「特急の機関士のくせに」と云われます。有難いような有難くないような立場であります。

昨年の夏、例の「午前二時の男」と云われた若い機関助士が、私と一緒に下りの「かもめ」を引いて三石《みついし》の長いトンネルを出た途端に、何を思い出したのか、急に、

「松井さん、なんで私ら、こんなつらい仕事せんならんのでしょうか」と、煤だらけの顔からポロポロ涙をこぼして泣き出して、私は慰めるのに困ったことがありました。

しかしまあ、つらい仕事必ずしも機関士ばかりではありません。信号掛、踏切番、車掌、保線区の人、いずれも夜昼無しの、それぞれつらい仕事で、そう思って若い者を励まし、自分も停年まで立派な勤務をしたいと思っております。こういう人間が大勢、華やかな優秀列車のかげで、縁の下の力持ちになって働いているので、鴈治郎や扇雀ばかりでは、舞台は廻りません。私たちの生活の――政治の土台を決めて下さる国会の議員さん方も、特急を引きながら特急に乗ることのない人間のことも時には考えて、特別急行にタダ乗りしたいなどというあさましい規則は、どうかあんまり作らないで置いていただきたいものです。

私の末の弟が、郵便車に乗って始終、大阪糸崎間を往復しておりますが、あれなどもなかなか大変な仕事です。

もっともこれは、国鉄の仕事ではなくて、郵政省の、鉄道郵便局の職員ですが、たまたま私が其《そ》の列車にあたって、三一列車、下り急行「阿蘇」号の最前部の「東門下り一便」（東京門司間下り一便）の郵便車の中なぞ、のぞいてみますと、よくあれで何も紛失しないと思うくらい、デッキの上、速達やら小包やら現金書留やら、足の踏み場もないくらい散らかって、さながら戦場のさわぎであります。

「次ぎは門司イ、お次ぎも門司イ、エエ、次ぎは高松ウ、次ぎが広島ア」と、行嚢《こうのう》をさばきながら読み上げている、あの郵便行嚢に、行き先の名札を差した金具を、「チャラン」

ということですが、この「チャラン」に「東門下り一便」「阪糸乗務員宛」となっているのは、袋をあけて、ぎっしりつまった郵便物を、走行中糸崎までの間に、狭い郵便車の中で区分けをしてしまわなくてはなりません。

ちかごろ流行の町村合併で、たとえば三原などという市が、行政区劃の面だけで無闇にひろがってしまって、この小さい市に、集配局が、三原局、糸崎局、須波局、本郷局、幸崎局、尾道局、忠海局と、まるで大都会なみに七つも関係しているそうです。「三原市西町」はどの局あてかなどと、いちいち書類を繰っていた日には、列車が糸崎へ着いてしまう。大阪糸崎間の郵便車乗務員は、少なくとも、兵庫、岡山、香川、広島の各県下の町村は、どんな小さな所でも、何局の区内か、全部宙ではっきり頭へ入っていなくては、勤まらないということです。

管轄ちがいではありますが、末の弟たちが、文字通りわき目もふらずに、郵便物と取組んでやっているのを見ると、私の方でも頑張りの気力が湧いて来るものです。

それから、もう一つ別の意味で、機関士が苦《にが》い思いを味わうのは、やはり人を轢いた時でしょう。

私は今までに、八人やりました。戦後間もなくのころ、線路にこぼれたコークス拾いに出ていた子供を轢いたの以外は、全部自殺者です。

父は三十三年の機関士生活で、無事故無欠勤、人を轢いたことも一度も無かったそうですが、これは運なのか、それとも名人と名人でないものとのちがいか、それはどうも、私の口からは申しかねるというものです。

まあ、敢えて云えば、やはり運でしょう。少なくとも、運の支配する割合が非常に大きい。誰も、自殺者の有無を予見することは出来ますまい。

しかし何と云っても、子供を轢いた時が一番いやです。浮浪児のようなコークス拾いの少年をやった時も、カーブを曲ってその子を認めてアッと思った時は、もう駄目でした。列車が急停車すると同時に、どこかからやはり粗末ななりをした母親が、動物のような叫び声をあげて飛び出して来ましたが、こういう時、親が子供の死骸をしっかと抱いて、嘆き悲しむ様子というものは、芝居で見るあの通りです。

こちらが何か云いかけても、見向きもしませんでした。

「満洲々々」という言葉と、「お前、焚き物なんか……母ちゃんが悪かった」という言葉が、今でも耳に残っております。あとで分った事情は、この言葉から御想像になる通りのもので、その後この母親のことは、うちの機関区で間接に面倒を見ることになって、今、姫路構内の売店で働いてくれております。

細田スマさんと云って、その後十数年間に私ともすっかり親しくなりまして、

「松井さん、ちょっと待っててや」と、売店売りの姫路名産玉椿などを、子供の土産に包んでもらったりすることもありますが、やはり私の方では一種何とも云えぬうしろめたい

気持抜きでは、このスマさんと顔を合せることは出来ません。姫路をお通りの節は、細田さんの売店で、新聞一枚煙草一個でも、買って下されば、私としてはまことに有難いことでございます。

この事故があったあとは、当分の間やはり、その位置を通過する度に、

「ああ、ここでここで」という思いがして、自分のとこの子供と引きくらべて、苦しゅうございました。

しかし、自殺者の方には、そう申しては不謹慎ですが、あとから考えてちょっとユーモラスなのも無いことはありません。

私の経験では、塩屋須磨間の上り本線を走っておる時、夜の八時ごろでしたが、前照燈のあかりの中へ、線路わきの電柱のかげからむっくと一人の男が起き上って来て、

「あッ、自殺者」と思ってゾッとした途端、向うもどうやら大きな黒い機関車の重量を感じてゾッとしたらしく、電柱からふらふらと泳ぐような恰好で飛びこみそうにして、一瞬怖気《おじけ》づいた様子で、最後の手を離さず、酔っ払いが隠れん坊をするような調子に、電柱を抱いて一と廻り、くるりと廻ってまたすっこんで見えなくなりました。人騒がせな話ですが、停車せずに過ぎましたので、どういう人であったか、身許は全く分らず、其の後再挙(?)をはかったかどうかも知りません。多分、二度とはやらなかったのではないでしょうか。

い地点です。この、須磨の浦は、風光人の魂を奪うほど明媚なるせいか、不思議に飛び込み自殺の多

運ということを申し上げましたが、人を轢く轢かぬは、どうも確かに運で、勝負事のつくつかぬのように、一方へ片寄ります。同じ場所で同じ時刻に、同じ人がやります。しかもそれが連続する。一ヵ月のうちに二回などという程度ならよろしいのですが、一週間のうちに立て続けに四回という風な目にあいますと、まあ大抵の者が飯が食えなくなって、すっかりふさぎこんで、一日二日はどうしても機関車に乗る気力が無くなります。

それですから、機関区ではいろんなジンクスがありまして、例えば犬を轢くと次ぎの日に人をやるなどと申しますし、労組大会などでなかなか尖鋭な闘士が、機関車に乗る時は、魔除けのお守りだの、成田の不動さんのお札だのを持っていたりというようなことがあるのであります。

轢かれた場所と状況とによって、音のする時としない時があります。死体を引きずって、線路のバラスが機関車の腹にあたって、グラグラッと来ることもありますが、飛びこんで来て、

「あッ、レールを枕にした」と思うと同時にスカッと轢いていて、首だけころんと落ちているというような場合は、レールを枕にした有様を、夜などで見ていなかったら、それっきり手応えがありません。知らなければ、列車はそのまま通過してしまいますが、警察や

検察庁の取調べの係官が、機関車運転の実情を御存じないために、

「お前知っていただろう？　気がつかない筈はないだろう」と云われるのが、われわれとしては大いにつらいところです。

自殺の寸前に怖気づいたらしい例では、大久保西明石間で、これは上りの急行「玄海」で最近やったのですが、若い女性が早目に線路に寝て、機関車が近づいて来る、こちらは汽笛を鳴らして非常制動をかける、その何秒かの間に思いかえした様子で逃げ出したのですが、身体がもう、しびれたようになってしまって、自由がきかないらしく、そのままふわふわとやられてしまいました。

轢殺された人間は、男女とも、引きずられる間にはがれるようで、不思議に素っ裸の死体になっています。機関士は、この死骸の肉片などを車輪の下から引き出して、やった時刻と地点、それから自殺者の性別、年齢、着衣などを点検確認して、駅なり保線関係なりへあとを引き渡して、出来るだけ早くまた出発するのですが、こればかりは何度やっても馴れるというものではありません。

「人」と思ったら、もう息も心臓もとまりそうになり、何の役にも立たないのですが思わず脚を前へ、身体をうしろへいっぱいに突っ張って、頭はカアーッとして参ります。

自殺するのは勝手だと云われればそれまでですが、不可抗ながら私どもに人殺しをおさせになることですから、どうか、われわれのお頼みとして、鉄道自殺だけはやめてほしい

ものです。

事故と云えば、私は三年前の夏に、瀬戸西大寺間を下りの急行、二一列車「安芸」号を引いて七十キロで走っておって、無人踏切でエンコしたオート三輪と衝突したことがありました。

機関助士がカーブの側を注視していて認めたのですが、若い助士はこんな経験初めてで、驚くと同時にものが云えなくなりました。私が気づいた時は、「これはもう、どうせあたる」と思いましたから、自分の方の横窓をしめて、非常処置を取りましたが、案の定、まともにぶつかってしまいました。

途端に、何かの液体の飛沫が運転室の中へ飛びこんで来ました。醤油か何かが積荷だったのかと思いましたが、忽ちけしからぬ匂いがして来た。肥桶を積んだ三輪車だったのです。

助士は右側の窓から首を出していたので、見ると、半分溶けた紙だのウジ虫だのを顔にべったりつけています。Ｃ59の機関車の方は、前から横腹へかけて、黄色くどろどろにやられております。まことにどうも驚いたけれども、仕方がない。三輪車の運転手の方は、これも若い男であったらしく、列車接近を承知で無理に踏切を渡ろうとしてエンストしたので、恐ろしくなったのか、雲をかすみと逃げて行ってしまっておりました。

近くの田で働いていた百姓が大勢集まって来たけれども、機関車の肥かぶりは気持がよくないと見えて、がやがや云っているだけで、ちっとも手を貸してはくれません。

私の方はそのまま眺めているわけには行きませんから、保線を呼びに行って、機関車に食いこんでいた悪臭芬々《ふんぷん》のオート三輪を引き出しにかかったのですが、汗が流れて仕方がないので、腕で額をこすると、私の額からもウジがぽとりと落ちる。泣きたいような気持になって来た。

幸い誰も怪我はなかったし、あまり遅延せずに、よごれたままで発車して岡山に向かいましたが、夏のあついさかりに、罐の熱と蒸汽とで、くっついた肥を焼きながら走るので、岡山に着いた時には、二人ともアンモニアの臭気で頭が痛くなっておりました。

姫路の自分の機関区へ帰って来てから、機関車の大掃除をしましたが、この時、急行列車牽引の機関車乗務員として、処置が適切であったというので、管理局長から表彰され、表彰金としていただいた金が、云っていいかどうか知りませんが、百円です。気分なおしに冷やしビール一本飲んだら、足が出ました。

尾籠《びろう》な話のついでに申し上げれば、機関車には便所というものが無い。腹でも急に痛くなって、いよいよ我慢が出来なくなったらどうするかと申しますと、それはテンダーに這い上って、石炭の上でやります。ここは、冬などはげしい寒風に吹かれるし、沿線の人目があってはどうも具合が悪いし、振り落されそうで恐ろしいし、出るべき物もなかなか出なくなりますが、成功したら、そいつは石炭と一緒に燃してしまうのです。

いずれも、これがほんとの焼け糞というお話ですが、私どもにとってはなかなか洒落や笑いごとではありませんのです。

私どもの勤務割を話しますと、例えばあしたは、ひるの十二時五十一分の出勤です。これは、姫路第二機関区出発十三時五十一分のちょうど一時間前というわけです。

それから服装をかえて、点呼を受け、始業検査という仕事に二十五分を掛けます。機関助士は火室内の整備、機関士の私の方は、先ず、「トーチー」という石綿を巻いて油を染みこませたタンポンを先につけた長い棒に、火をつけて、罐の中の上の方、奥の方の状態を、水洩れなどが無いか検査をいたします。それが済むと、金槌を片手に、機関車の各部分、油壺の蓋だの、エア・コンプレッサーだの、見て廻り、圧縮機のドレーンを出す、サンドを出してみる、自動連結器、煙室戸の密閉状態、ライトの点滅、これは側燈、尾燈、前照燈、それから灰箱からちょっとアスガラを落して見る、制動試験をやる、テンダーのタンクに二千五百リットルの水がちゃんと入っているか、石炭――ちかごろは主に卵型の豆炭を使っていますが――が約七トン、正規に積んであるか、これらのことは、整備係があらかじめ全部整備をして置いてくれるのですが、あらためて順々に確かめて、それが終って一服すると、出発の時刻になります。

私があした乗務する機関車は、多分C59の一七五号車ですが、十三時五十一分、単機で姫二機関区出発、待避線に入って待っていて、十四時〇分、三〇五列車、京都発宇野行の二三等準急行が姫路駅に到着すると同時に、待避線を出て、この準急列車の先頭に自分のC59を持って行きます。

十四時六分、この三〇五列車を引いて姫路発、これが岡山に着くのが、十五時三十九分で、ここで切り離して岡山の機関区へ入り、夜まで休んで、十一時過ぎから再び仕事にかかり、〇時十分岡山発の、八列車、博多発東京行の特急「あさかぜ」を引いて姫路まで帰って来るわけです。

八列車の姫路到着は、午前一時二十二分で、それから機関車を離して機関区へ帰り、点呼を済ませると、私は家が遠いので、適当な通勤用の列車がありません。三時四十六分発の「玄海」で明け方の四時二十分に明石へ帰って来るか、そうでなければ、機関区で仮睡をして、朝の列車で帰宅いたします。それから家で、例のあついさらりとしたお粥を三杯食って、寝《ね》にかかるわけです。どうも長々と、つまらぬ話をいたしました。

私の話

私の番ですが、ビジネス特急「こだま」については、あまり詳しい説明をしなくても、みなさん新聞やテレビで、もうよく御存じのことと思います。

それで今日は、私と一緒に大阪名古屋間、「こだま」の運転室に乗ったつもりになって頂いて、乗務の模様を逐一お話しようと思いますが、その前に、祖父の話を読むと、どうも大分気になるところがあるので、そのことを先に一言云わせてもらいたいのです。

自分自身も云っているし、父も書いている通り、祖父の虎太郎は、現存の人間では国鉄草分けの名人機関士で、孫の私としては無論尊敬は払っておりますが、なにぶん頭が古い上に、ちかごろは少しぼけて来た傾向があります。

自分で私に、小太郎という名前をつけて置きながら、人間が小ぶりでせかせかしておるなどと、祖父の方こそいい気なものだ。それなら大太郎という名前にでもしてくれればよかったのです。

余談になりますが、大阪は、足利時代には小坂と云っていたのを、天正年間に豊臣秀吉が城を築いて、小坂では天下の中心にふさわしくないというので、大坂とあらためたのだそうです。ほんとうか嘘か知りませんが、太閤さんの考えそうなことではあります。しかし、大阪——坂の字が阪になったのは明治以後だそうですが——がたとい小坂であっても、やはりこんにちの大都会になったことは間違いありませんでしょう。

大体、うちの祖父などは、何でも昔の事がよかったように云って、二言目《ふたことめ》には、今の若い者が若い者がと申しますが、それでは鉄道など無かった、東海道早駕籠《はやかご》飛脚の時代がもっとよかったかと云えば、そんなことは無いのでしょう。

なにしろ、機関車を降りて二十数年になりますので、よくない憶《おも》い出の方はすべて洗いながされてしまって、機関車に対する異常な郷愁だけが残っているようです。しかし、いくら「蒸汽機関車のよろしさを忘れるな」などと云われても、私など、初めから一度も、蒸機の乗務をしたことがないのですから、どうしようもありません。

機関車の中で天麩羅をしたり、芋を焼いたり、菜の花畑の中を英雄気どり、鼻唄まじりで運転していた時代とは、時代がちがうのです。

「こだま」号などという、電車の特急なんぞが東海道線を走り始めたことも、祖父には、ほんとうは面白くないのです。特急たるものが、何となく軽々しい気がするというのですが、これはまあ、年寄りの一種のヤキモチというものでしょう。

「こだま」は、非常に評判がいいので、従来の国鉄の看板列車の「つばめ」と「はと」が見劣りがし、蒸機が電機に変るくらいではない、一、二年のうちには「つばめ」も「はと」も、東海道線の特別急行は全部電車化されてしまうらしい情勢で、それが時の流れというものだと思います。

祖父の時代から、父の時代を経て、私らのころになりますと、確かに名人気質というものは無くなって来ました。しかしそれで、列車の運行に何か支障があるかと云えば、そんなことは無い筈です。私は別に、名人になりたいとは思いません。

飛行機のパイロットにしても、前の戦争のころまでは、長年の勘《かん》によって名人気質をほこる豪傑の風《ふう》などがあったそうですが、無電やレーダーや電子頭脳が発達してくれば、大切なのは計器類の示す数字を正確に読み取って一つ一つ確実な処置をすることで、勘にたよってはいけないという風に変って来ているということで、とにかく私たちも同様、「名人になろう」とか、「一身をお上に捧げる」とかいう覚悟は、持てと云われても持てないし、それは時代錯誤の滑稽に聞えます。

話が飛びますが、乗客専務のことを「カレチ」と云う、列車の中でちょっと、「カレチさん」と専務に呼びかけたら、専務がびっくりして敬意を表してくれるだろう、などと祖父は書いていますが、このごろは国鉄もPRが発達していて、「カレチ」のことぐらい知っている人はたくさんおります。余計な知ったかぶりをすれば、車掌から、「気障《きざ》な、イヤな客だ」と思われるくらいがおちで、祖父の口車などにはお乗りにならない方がよろしいと思います。

それから、父の話の方も、どうも少しくど過ぎたのではありませんか。私の云う通り、みんなでテレビに出れば、五分か十分で、簡単明瞭に片づくのだったのですが、たいへん御苦労なことになりました。

少なくとも、あんなに愚痴を並べなくてもよさそうなものです。あれだけ不平があるのなら、組合の中ででも、もっとしっかり発言すればいいのですが、親爺も長年「大過なく」勤めて来た関係上、上の人の眼はこわい、そうかと云って組合もやっぱりこわい、そしてどんな形のものにしろ、ストライキというようなものには、妙なうじうじした罪悪感があって、優柔不断で、私たちのようにあっさり割り切れないらしいのです。

私自身は、どんな古い時代より今の時代の方がいいと思いますし、未来はもっといい時代が来なくてはならぬと思っております。私たち若い者が、前を向いていなくては、生きることがつまらなくなるでしょう。

父の機関区のある姫路へ遊びに行ってみますと、例の名高い白鷺城があります。山陽線の列車からは、今、解体修理中の天守閣の櫓《やぐら》しか望めませんが、あの中は、天守閣を別にしても、非常に広々とした白壁の美しい城で、私は二人の公休が一致した日に、婚約者——これは恥ずかしいから詳細は略しますが、「かもめ」の食堂車の女給仕です——を連れて、あの中を散歩するのが好きです。

昔千姫が住んだという化粧櫓が、今は見晴し場所になっています。こういう要害堅固の城を築いた棟梁《とうりょう》はしかし、内部の秘密を知っている者として、築城が終ると同時に、大抵皆、ひそかに毒殺されたものだそうです。

この白鷺城を築いた棟梁は、それを知っていて、完工と同時に、自ら口にノミをふくんで、天守から飛び下りて命を絶ったという伝説があります。表向きは、出来上った天守がほんの僅《わず》か傾いていたその責任を負ったのだと云うことですが、どちらにしてもそんな昔より、千姫の櫓でいいなずけと一緒にキャラメルをしゃぶっていられる今の方が、私にはいいです。

余計なことばかり書きましたが、本題に入りましょう。

私ら特急電車の運転士も、父のような蒸機の乗務員と同じく、やはり一週間に三回くらいしか、家では寝ません。ただ、電車ですから、夜を徹して運転しているというようなことは無い。家で寝ない時は、宮原で寝ているか、それでなければ米原か名古屋で寝ております。

どこもそうですが、私どものいる宮原電車区は、休養については特にうるさい所です。この勤務に出て来る前には、必ずこれだけ休養をして来なさいという、休養ダイヤというものが出来ています。この休養というのは但し、専ら寝ることで、別に卵や牛乳など配給してくれるわけではない。

そしてこの休養表を、年に数回、電車区の方から直接、運転士の奥さんに送りつけて、その通り御主人が休養をしているか——つまり強制睡眠を実行しているかどうか、問合せます。私は、目下独身ですから、母親のところへ手紙が来ます。

電車区で助役の監視を受け、家へ帰るとおかみさんの監視をうけるので、運転士の家庭生活も楽ではないです。もっともそこは、やはり魚心水心で、多少の融通が利かないようではつまりませんから、私、目下徐々に婚約者をこの点で教育中であります。

何と云っても居睡り運転が一番こわいですから、電車区では、

「休養状態は正直に云いなさい。やむを得ない事情で正規の休養が取れていない時は、人

を変えてあげるし、その後の減点もしない」と、しきりに云ってくれますが、まさか、ゆうべ奥さんを可愛がり過ぎたと云うわけにもいかないでしょう。

それから、父も書いておりましたが、農繁期の農家からの通勤者の問題です。宮原電車区は、大阪の町の中ですが、乗務員には意外に、近郊の農村出身者が多いので、この人たちは、田植えや刈り入れの時期には、「親に孝ならんと欲すれば国鉄に忠ならず」ということになります。出来るだけ眼をつぶって、親に孝ならずにいてくれというのが、電車区側の要望です。

それからもう一つ、麻雀。はやりもので、私も嫌いではありませんから、「賭け麻雀で寝ぼけ面をして勤務に出て行く」などと祖父がいうのですが、そんなことがめったに出来るものではありません。「ちかごろの若い者」といえども、祖父が考えているほどのボンクラではないのです。

第一、蛇《じゃ》の道は蛇《へび》で、助役がよく知っていますから、この暮にも、久しぶりに一卓囲もうかというので、好きな者が四人、勤務割をやりくりして、一と晩、四人同時休みになれるように札を掛け直して置いたら、助役の水谷さんが、

「この勤務割、どないしたんやろ？　あんまり感心せん勤務割やなあ」と独り言を云って、独りでにやッと笑って、勝手に名札を掛け替えてしまいました。おかげで折角の計画はおじゃんです。

　ただ私に云わせれば、乗務員同士は、自分たちの責任を知っている。限度は越しません。管理局の上役の人が、慰労のつもりで現場の職員を徹夜麻雀にさそうのが、あれが一番いけないことだと思います。

　祖父は、電車というものは外から電気をもらって「スーコラスーコラ走っている」気楽な物のように思っているようですが、十年一日大して変化の無い蒸汽機関車とちがいまして、特に最近の電車は、急テンポで進歩し、変って行っていますから、それに追いつくためには相当の猛勉強が必要なのです。泊りで出て、朝八時ごろ宮原へ帰って来て勤務あけになってから、夕方五時ごろまで、新しい車輛についての講習を受けねばならぬようなことは、始終です。その上しかも、要求されただけの休養を取らなくてはならないので、そういう時期には、全く、麻雀どころではない、映画一本見る暇もありはしません。

　つらいけれども、乗務員が車輛故障でへたったら恥だという気持が強いから、皆必死です。これだけ勉強々々と、勉強に追われている所は、電車区のほかにはちょっと無いだろうと思います。

　機関車は、蒸機にしても電機にしても、客車とは隔絶した独立物ですが、電車区という所は、自分たちの運転室と動力部門と、お客さんの乗る場所とを一体にして扱わねばならない、そこが気を使うところで、故障があったら代りの機関車を出してつけて、それで出発するというわけには行かないのです。

それに、「こだま」は旅客機の操縦室のように、乗務員室が客席から一応離れているからまだいいのですが、普通の国鉄電車、湘南型、東海型などでは、走行中、いつもうしろにお客さんの眼がある。われわれ乗務員という者は、客扱いについては全く訓練されていませんから、何か訊かれたりしても、あまり愛想のいいことは云えない方だし、機関区から電車区へ変って来た人は、初めのうちこの「乗客の眼」にとても疲労を感じるようです。

それから信号喚呼《かんこ》、これもうちの電車区は全国一厳重なところです。シグナルの確認は、列車運行上の生命で、これをおろそかにしたら、到るところで追突事故が起りますが、ほかの電車区では、たとえば、

「第四場内進行」という風に呼び流しにするところを、宮原の受持区間では、チラ見の方法を絶対にやらせない。

「第四場内」と、一旦切って、確かにあれが当該信号機か、確かに青になっているか、一息置いてから、「進行」と確認し、喚呼します。

この信号喚呼も、列車電車の運行に興味をお持ちの方には風情《ふぜい》があるかも知れませんが、馴れぬうち、特に城東線とか西成線とかの電車を一人で運転しながら、一人で大声あげて、「出発」「進行」とやっているのは、少々面映《おもは》ゆいものでした。

私も、初めて京都西明石間の電車の運転士になったころ、四、五人の高校生が珍しげにのぞきこみながら、

「あのオッさん、大けななりして、『オー、オー』て、一人で何云うてよるねんやろ。アホくさ」と云われた時には、腹が立つやら恥ずかしいやらで、顔が赤くなりました。

それでは私たちの実際の仕事、「こだま」の運転室へ御案内することにしましょう。名古屋大阪間の準急電車「比叡《ひえい》」とか、米原姫路間の普通電車とかに乗務する日も無論ありますが、上りの「第二こだま」で出て、下りの「第二こだま」で帰って来る場合ですと、その日の自分の仕事の番号を「三仕業」といい、十三時二十四分の出勤です。

出勤場所は、大阪駅の地下にある宮原電車区大阪派出所です。これは、実際に乗務をする四十分前、上り「第二こだま」大阪発の二時間三十六分前にあたります。

出勤すると先ず、当直助役のところへ行って仕業表というカードを貰い、それから控室に掲示してある通達事項を読んで、必要なことを運転手帳に記入する。

「枇杷島名古屋間、上り下り制限50Ｋ」
「大垣穂積間、下り線制限60Ｋ」
「醒ケ井構内、制限50Ｋ」

という風なもので、これらは、その箇所に、工事などのためにそういう速度制限の徐行区間があるという意味です。

十三時四十四分になると、乗務点呼、それを済ませて大阪駅のフォームへ上って行きますと、すぐに、一〇一Ｔ、東京七時発大阪十三時五十分着の「第一こだま」が入って来ます。乗客が全部下りたところで、これを一旦宮原電車区へ廻送し、座席の向きを変え、内も外も綺麗に掃除をし、点検を済ませて、もう一度大阪駅へ持って来ますと、それが一〇二T、十六時発の上り「第二こだま」になるというわけです。

　私と運転助士とは、大阪駅で「第一こだま」で帰って来た乗務員と交替し、それから宮原まで所要時間八分ですが、宮原へ入って宮原を出るまでは、約一時間半しか無く、その間に本区の点呼を受け、車の注意を聞き、出庫点検と云って、制動試験をやったり、下廻りのカバー類、コック類、空気バネなど一輛々々見て廻り、配電盤の整備からカレチの部屋のブザーの鳴りまで確かめて置くのは、相当に忙しい仕事です。

　時刻が来ると、あわただしい仕事を了《お》えた清掃係の人たちは皆下りて行き、ピット（修繕線）のすぐ横でお化粧をしていた「こだま」は、構内の南一番線まで、誘導掛の誘導で据えつけに出て行きます。これを出庫と云います。

　入替標識の確認、パンタグラフよし、雨でスリップする時は、ノッチの断続使用。すぐ停止。誘導掛が下車する。ここで初めて正式に、出発に待機するわけで、緊張していると、冬でもあごひものわきを汗が流れます。

　祖父が蒸汽機関車の汽笛の音や、エギゾーストの音に愛着があると云うように、私たちにも、電車のモーターの響きには、やはり愛着がある。引きしまった、悪い気分のものではありません。

南一番出発は、十五時三十四分で、喚呼が始ります。

「四一五三T列車、発車一分三十秒前」

「一分前」

「三十秒前」

四一五三Tというのは、「第二こだま」を、宮原から空《から》で大阪まで廻送する時の、列車番号です。「第二こだま」になって大阪駅を出る時は、列車番号は一〇二Tと変ります。

車掌室から、出発合図のブザーを鳴らして来る。

「発車ヨシ」

「南一番出発」私が云う。

「南一番出発」運転助士が復唱します。

「注意」

「注意」

シグナルは橙色です。

「後部ヨシ」

「後部ヨシ」

「十秒早《そう》」運転車掌がブザーを早く押し過ぎるとこういう事になる。十五時三十四分、指定の発車時刻より十秒早いのです。廻送の場合はこれでもよろしいのですが、本線を走っていて、一区間で三十秒も早い遅いが出来ますと、それはもう、運転士の技倆を云々されることになって来ます。

「内側第二出発」

「内側第二出発」

「進行」

「進行」

「第三閉塞」

「第三閉塞」

「進行」

「進行」

宮原操車場は、これで出離れてしまう。

「第二閉塞」「進行」

「第一閉塞」「進行」

宮原第一信号所を三十八分に通過して、

「下り四一五三T、大阪中線着、四十二分」

「大阪中線着、四十二分」

「内側中線場内」「注意」

「注意」

「速度ヨシ」

「制限三十五」

この列車を待っているお客さんたちの姿が見えて来ます。そして私たちの手で十五時四十二分に大阪へ着くと、運転室を一旦構内運転士と交替して、電車は留置線から九番線に転線し、そこでドアを開けて客を乗せるのですが、私たち二人は、その間に、神戸寄りの乗務員室から長い車内を通って、東京寄りの乗務員室へ抜けて行くのです。

となりのフォームへ、広島発京都行の急行「宮島」号三〇二列車が入って来る。カメラを持った学生や、若いサラリーマンが、この「こだま」の正面に向かって、しきりにシャッターを切ります。特急電車運転士たる者、流石《さすが》に悪い気はしません。

ところで、御存じない方もあるかも知れませんから、信号機のことをちょっと説明して置いた方がいいと思うのですが、現在、東海道本線とか山陽本線とかの重立った幹線では、シグナルは、昔のような腕木シグナルは無くなって、全部自動信号機になっております。町の交叉点にある信号と同じで、原則として緑、橙、赤の三段階で、緑は「進行」、橙色は「注意」、赤は「停止」。そしてこの信号機は、東海道線の場合ですと、大体一キロメートルに一本の割で立っていますが、これを大きく分けて、出発信号機と場内信号機と閉塞信号機の三種類がある。

出発信号というのは、駅を列車が出る時の、出てよいかどうかを示す信号機で、場内信号は、駅の構内へ入る時の、入っていいかどうかの信号機で、この二つは、どの駅でも、駅の信号掛が操作をして列車に指示を与えています。しかし、これだけしか信号機が無かったら、駅と駅の間には、いつも一本しか列車を入れることが出来ません。それでその中間に、もう三本なり四本なり、これは列車の通過につれて、自動的に色の変る自動信号機を置いて、信号機と信号機の間を閉塞区間と称し、その信号機を閉塞信号機と云って、もっと列車の本数を殖《ふ》やせるようにしているのです。閉塞信号は、出発信号の次ぎから、次ぎの場内信号の手前まで、順に第三閉塞信号、第二閉塞信号、第一閉塞信号という風に、番号がついております。これだけのことを知って置いて頂かないと、私たちが眼を光らせて何をどなっているのか、おわかりにならないと思うので書きました。

さて、十五時五十五分になると、大阪駅のフォームのベルが鳴り始めます。私たちは、「こだま」の一段高くなった運転室に、私が左側、運転助士が右側と坐り、再び喚呼が始る。

「発車一分前」

「一〇二T、大阪向日町《むこうまち》間、外側線運転」

ベルが鳴りやみます。十六時ちょうど。

「発車」

「九番出発」これは私。

「九番出発」これは助士。

「進行」

「進行」

「進路外側」

「三秒早《そう》」

十六時ちょうどと申しましたが、それはフォームの電気時計のことで、こちらは三秒早く出たというわけであります。

速力計が、十五キロから二十キロ、二十五キロと、見る見る上り始める。

「第三閉塞」

「第三閉塞」

「進行」

「進行」

第二閉塞信号を確認するころには七十キロ、先ほど通って来た宮原第一信号所を、十六時三分十五秒に通過するころには、「こだま」の速度は九十五キロ程度まで上って来ます。

吹田通過が四分、摂津富田通過が十三分、高槻が十五分。この辺で速度は一〇五キロになる。

「山崎通過」
「山崎通過」
「外側五番場内」
「外側五番場内」
「進行」
「進行」

私、一番初めに、私の家は親兄弟国鉄に縁の深い一家だと申しましたが、私のすぐ次ぎの弟が、この山崎駅に勤めております。彼は山崎駅構内の踏切警手です。

弟の仕事もなかなかの仕事です。朝から、踏切を早く開けろ開けないで、人夫ともめたり、自動車がエンストして、近づく列車防禦に、信号雷管を持って走らなければならなかったり、それにこのあたりは、一日に約五百五十本の列車が上り下りしますから、平均三分置きに遮断機を上げたり下ろしたりで、二十四時間の勤務です。

東京を去る五二七キロ四九七メートルの宝寺《たからでら》踏切、ここへ弟が出ている時には、私は無論窓から手を振ってやります。あっという間ですが、「こだま」の方向に向かって、三十度の角度という軍隊式要領で白旗を振っている弟が、やはりすぐわかって、笑って旗を大きく下ろします。

彼が可哀そうなのは、家へなかなか帰れないこともありますが、ここが京都府乙訓郡大

山崎村という田舎になっているために、遮断機を二、三分置きに上げ下ろしというような
はげしい勤務をしながら、桜井線あたりの、列車が日に十数本というような所の踏切の人
間と同じ給与で、都会地ならつく勤務地手当がつかないことです。こういうことは、少し
不合理だと思うのですが、どうでしょうか。

さて、山崎から神足《こうたり》、向日町《むこうまち》、西大路と通過して、京都一番線着は十六時三十一分、二
分間の停車で、三十三分に発車。すぐ東山のトンネルへ入り、三十八分に山科《やましな》通過、逢坂
山のトンネルを抜けて、大津通過です。

「大津通過、四十一分十五秒」
「四十一分十五秒」
「三番場内」
「二番場内」
「進行」
「進行」
「制限八〇」
「制限八〇」
「二番出発」「進行」
「定通」

「定通」

こういう風に、乗務員用の時刻表通り、大津なら大津を、四十一分十五秒ピタリに定時で通過出来ると、非常に嬉しいのですが、私たちにはまだ「こだま」のダイヤが充分にこなせていないし、ダイヤの方にも少し無理なところがあるので、始終、一秒から二十秒ぐらい、一区間で早かったり遅かったりしています。例えば、こうして大津を定時通過しても、石山の出発を「進行」と喚呼する時にはもう、「二十秒延《えん》」ということになります。

それで、お互いにプリントを作って、どこの踏切でノッチを切り、どこの橋の下でノッチを入れると丁度いいとか、二秒かせげるとか、大いに研究しているのですが、ここで一つ問題になるのは、時計で、祖父や父の時代には、乗務員用として、正確なウォルサムの上等が与えられていた、それが近ごろ私たちのは全部国産品です。

国産の悪口を云いたくはないが、ひどいのになると、宮原で秒針を合せて来たのが、名古屋へ着くと、十秒もちがっているのがありまして、これでは私たちが一秒二秒の差を正確に正確にと努力しても、意味がなくなってしまうのです。

草津通過、彦根通過、米原通過――。この季節ですと、醒ケ井構内制限五十キロの地点を通るころには、とっぷり日が暮れます。その時刻になると、運転士たちも、何となく人恋しいような心持がして来る。後方の食堂で、あかるい燈の下で、賑かに酒を飲んでいる乗客たちの楽しそうな場景などが、ちらりと頭にうかびます。

しかし日が暮れて視界がきかなくなっても、カーブの在り場所、その半径などは、皆しっかり頭へ入れていなくてはなりません。いい調子で、無闇に百十キロで走っていた日には、ひっくり返ってしまう。

そして、信号を一つ確認し、喚呼する度に、私は手許のボタンを押します。これは、運転室内の、スピードの上り下がりを記録している自記グラフに、信号確認の証拠を残すためで、万一事故があった場合の用意です。こいつは、ほかの電車にはまだ無い物で、ジージカジージカ、ジージカジージカ、ひとりで神経質な音を立てながら記録を取っています。

それから、電力消費量を記録するメーターが、ノッチを入れていると、やはりせわしなく、カチッカチッ、カチッカチッと上って行きます。普通の家庭のメーターですと、一キロワット使うのには相当の時間が掛りますが、「こだま」の電力計は、一秒半に一回ぐらいの割で、一キロワットずつ上っているようです。

関ケ原を過ぎる。大垣城の、電気で綺麗に照明された天守の白壁が見えて来る。

「大垣通過、四十七分」

「本線出発」

「進行」

「進行」

「十秒早」

間もなく、何度目かの百十キロ一杯のスピードが出ます。

それから岐阜の手前で、下りの「はと」、三列車とすれちがい、岐阜通過は十七時五十六分三十秒。

この「第二こだま」に乗ると、この先で、おそろしくよく走る名鉄電車の急行と暫く競争して、それから尾張一宮、稲沢、清洲、枇杷島、そして名古屋です。

名古屋着は十八時十八分、ここで私たち二人は、大垣の乗務員と交替し、そのあと二時間ほどの間、夕食をとって休んで一服していると、下りの「第二こだま」一〇三Tが入って来ますから、再びこれの運転をして終着神戸まで走り、午前一時近くに宮原で一日の勤務を終るという順序になります。

聞いて頂きたいことは、まだたくさんあるのですが、話だけでも乗務員室に乗られては、お疲れになったでしょうから、このへんでやめることにいたしましょう。

スチュワーデスの話

羽田空港にて（タラップの前が著者）

わたくしはN航空のスチュワーデス第×期生でございます。あのころの方で、現在も空を飛んでいらっしゃる方は、もう殆《ほとん》ど無くなりました。わたくしも、数年前に結婚いたしまして、今は空とは縁の無い主婦の生活でございますが、敗戦後漸《ようや》く日本の民間航空が再開されましたころから、N航空が最初の国際線定期便を飛ばせたころへかけての、わたくしが飛行機に乗っておりました当時のお話を、思い出すままに申し上げてみようと存じます。

ご承知のように、アメリカには太平洋横断航空路を持っている会社が、従来からPAAとNWAと二社ありまして、いずれも古い伝統と安全確実なサービスを誇っておりました。わたくしどもの会社は、戦後九年たった昭和二十九年の二月より、三十年の歴史を持つこのパン・アメリカン・ワールド・エアウエイズと正面から太刀打《たちう》ちをし、東京、ホノルル、サンフランシスコと、コースも全く同じコースを飛んで、初めての太平洋空路をひらくことになったのです。

そこで、よその国の航空会社で考えられぬほどの期待が、わたくしどもスチュワーデスの上に掛けられてきたもののようでございます。

使用機の質や、整備、運行に関する技術的な面で、アメリカの航空会社に劣らぬだけの準備は、会社が責任を持ってやる、あと、三十年の伝統を持つものと太刀打ちして擢《ぬき》んでるために必要なのは、あなた方スチュワーデスの、日本女性の美点を発揮したかゆい所に手の届くようなサービスでなくてはならぬ、戦前日本郵船の客船が、世界の海にあれだけの地歩を築いていたのは、うまいフランス料理と、日本人のボーイのこまごまと隅々まで行き届いたサービスのためであったと教えられまして、郵船会社は昔は、会社の中に料理学校まで持っていたそうでございますが、わたくしたちは、どうしたら日本女性の特色を発揮出来るか、大いに考えこんだものです。

その当時の名残りと申しますか、仕来たりで、N航国際線のスチュワーデスたちは、こんにちでも飛行中一回は必ず、振り袖の訪問着姿に変ってサービスに出て参ります。あれはしかし、着がえをお手洗いの中で致しますので、着つけは上手に参りませんし、それにプロペラ機のお手洗いは水洗ではございませんので、何だか少し清潔でない感じがいたしますでしょう？　もうそろそろ、特別の場合以外やめてもいい時機が来ているのではないかしらと、わたくしなど今は部外者としてそう思います。

かゆい所に手の届くサービスで思い出しますけど、ある時、朝の札幌行に乗って、水戸の上あたりを北へ飛んでいる時、座席から小柄な重役タイプの方が、のこのこわたくしどもの方へ出ていらして、

「ちょっと頼みがある」

「何でございましょうか？」と伺いますと、

「背中がかゆくてたまらんのだが、少し掻いてくれんか」という御要求でございました。

「まあ」とあきれて、かゆい所に手の届くサービスというのは、まさかこういう、お客様のお背中を掻いてさし上げることではあるまいと思いましたけど、

「いやです」とも申し上げかねて、言い訳ばかりお召物の上から掻いてあげましたら、その方、とても不満そうなお顔をしていらっしゃいました。


ニューヨークの有名な百貨店の店員訓に、「カストマ・イズ・オールウェイズ・ライト（客はいつでも正しい）」というのがありますそうで、わたくしたちも、「パッセンジャ・イズ・オールウェイズ・ライト」というお仕込みを受けておりましたけれども、同期のお友達たちと、あんまり妙な要求をなさるお客さまには、この訓戒を放棄して、少し教育をして差上げましょうよと、話し合ったものでございます。背中を掻け、ぐらいならよろしい方で、まったく怪しからぬ御註文をなさる方が、ちょいちょいございました。

スチュワーデスの仕事というものは、スリルも格別の波瀾も無い、馴れてしまえば極《ご》く地味で平凡な、日常的なお仕事です。けれども、初期のころには、スチュワーデスという女性の職業も、日本では初めてのもので、みなさん大型の旅客機も珍しいし、わたくしどものことも、ずいぶんとまだ物珍しくお感じになったもののようです。

それで、好奇心からいたずらな気持をお起しになる方がある一方、わたくしたち初期のスチュワーデスには、新聞社の方、雑誌社の方、放送関係の方、婦人評論家の方などから、毎日のように、座談会へ出ろとか、何か話をしろとか、写真を撮らせろとかいう御註文があったものでございます。

当時たとえば、朝八時の三〇一便で福岡へ飛ぶ時には、わたくしたち家を出ますのが大体早朝五時半ごろで、その日の夕方福岡を発《た》つ三〇二便で羽田へ帰って来ますのが九時十分、お客様をお見送りして、時間を記録して連絡事項を見て、家に帰りつきますと、十時半か十一時近く、飛行機が少し遅れたりすれば、帰宅は夜半になります。身体はもうくたくた、お風呂へ入って翌る日はゆっくり休みたいのですが、その間に部外のこういうお務めがあって、御質問にお答えしたり放送局へ行ったり、このおつき合いは、正直に申し上げて、ずいぶん負担でございました。

それに男の方って、どうして誰方《どなた》でも決まったようにあんな質問をなさるのかしら？

「お客に手を握られたことがありますか？」

「生理日にも飛行機に乗るんですか？　乗っても何ともないんですかね？」

「一番楽しいことは何ですか？」

疲れていたりすると、

「一番楽しいのは、サラリーを頂く時です」などと、少しつむじ曲りを申し上げたくもなろうというものです。

その頃の新聞記事式に申しますと、「時代の脚光を浴びて」というのでございますか、それはこうして各方面の方から注目されていることを、幾らか誇らしく思わないわけはありませんでしたけど、会社の中でわたくしたち、甘い顔にばかり出あうわけではございませんでした。

会社の宣伝関係の方は、わたくしどもが放送に出たり、雑誌の座談会に出たりするのを、どちらかというと奨励なさる傾きがありましたが、同じ会社の中でも、スチュワーデスの若い女の子ばかりが、N航空を代表する名士のように振舞っているのを、よく仰有《おっしゃ》らない方も沢山ございましたのです。

当時の羽田の支所長は、わたくしどもスチュワーデスの直接監督の責にいらした方で、この中間に立って、いろいろお困りのこともあったのか、

「僕は生まれが九州で、『おなめら』の国ですもんな。君たち若い女の子が、世間からちやほやされて、つい自分が偉大な者になったような気持になる時には、その鼻柱をポキポキ、遠慮無く折ってあげるつもりですからな」と、よく笑いながら仰有いました。

大日本航空時代から飛行機の仕事をしてこられたこの古い九州男児は、また、

「大体戦争中から戦後の、あのゴタクサの時期に女学生だった女の子どもが、ああペラペラ英語が出来るというのは、よく注意していないと、中には怪しいのがおるかも分らん」

と云っていらしたこともあるそうです。ずいぶん失礼ね。わたくしたち、仕事の上に必要な英語の力は、それぞれの環境で、苦心して身につけたのですから、その御心配は御無用でしたけど、そういう風で、「時代の脚光を浴びて」高いお給料を頂いて、ふわふわと温室の中の高級なお勤めというわけには参りませんでした。

大体同じ航空会社の中でも、営業関係の、旅客扱いの仕事をしている人と、運航関係の仕事の人とでは、よほど感覚がちがいます。

運航関係の人には、客にそうむやみに頭を下げたりはしないという気風があります。「とにかく、三次元の世界というのは愉快だからね。俺たちの仕事のやり甲斐はそれだよ。こんなボロ飛行場でも、物が三次元の世界で、地球的規模で動いて行くのを見ていれば気持がいいさ。俺たちのほんとうのサービスは、飛行機を安全に正確に運航させることで、サンドイッチを運ぶことじゃない」と、机の上に脚を乗せて、パイプをくわえてうそぶいていらっしゃるという風でした。

当時、羽田の飛行場はほんとにボロ飛行場でございました。一国の国際空港は大抵国際規格A、しかし羽田は規格Cで、世界中でカラチに次ぐ最も程度の悪い空港で、場内は狭く、滑走路は短く、滑走路の鋪装は薄くて、ジェット機が離陸するとアスファルトが熔けていたり致しました。(こんにちの羽田の東京国際空港は規格Aに昇格しております。)

それから運航関係の方たちがよく口になさるのは、飛行機のお客を、特別な人種と考えて、殊更なもてなしをしようという心構えがそもそも間違っている、コーチ・サービス——座席だけを提供するサービスを航空会社の仕事の主体として、安価に気軽に、たとえば親が危篤の時、もっと誰でも簡単に飛行機で駆けつけられるようにするのが理想だというのです。それはほんとうにそうでしょう。でも、

「君たちは、空の上で働いているということだけが特殊なことで、あとはウェイトレスと同《お》んなじだよ。つまり空のメイドだよ。そんなに気取ったり威張ったりするなよ」

こんなことを云われると、やはり癪《しゃく》にさわりました。わたくし、軽食レストランの女給仕さんに較べて、自分たちが特に高尚な仕事をしていたとは思いたくありませんけれども、ウェイレスとわたくしたち、同んなじかしら？

上空の勤務が身体にこたえることを別にしても、わたくしどもには、お客様の救護の任務があります。不時着したような場合、すべてお客様方を取りさばいて行く責任も負わされておりました。

わたくしがスチュワーデス第×期生としてN航空へ入りましたのは、昭和二十六年の八月十五日でございます。

学校を卒《お》えて、英語もかなり出来るようになって、何かそれを活《い》かしたお勤めをと、考えていた時、タイ国の南海航空という会社に三人の日本女性がスチュワーデスとして採用

されたということを、新聞で知りまして、何か新しい魅力的な仕事のようだなと心を惹《ひ》かれておりましたら、丁度その矢先き、日本の国内航空のスチュワーデス募集が、新聞の広告に出まして、わたくし家の者に黙って試験を受けました。

具体的にどんなお仕事か、誰もまだよく分りませんでした。しかし、空の上での女性の職場という近代的な感じが、人の気持を捉えるらしく、志望者は思いのほかの大人数で、千三百五十人の中から、たった十四人しか選ばれないという難関で、ずいぶん心細い気が致しました。

試験場に持って行っていた古い英和辞典をひいてみますと、

「スチュワード。古義、家令、家扶。学校倶楽部などの賄係。客船の給仕。舞踏会展覧会などの会場係、世話係」

そういう説明が出ておりまして、

「スチュワーデスは、スチュワードの女性」と書いてございます。わたくし、飛行機の賄係、女給仕になろうとして、母に内緒でこんなに大勢の方と競《せ》り合っているのかしら、そう思いましたら、少し淋しい心地になって、でも、

「ハイ・スチュワード・オヴ・イングランド」というのがある。「戴冠式を司宰し貴族の審理を行なう際の裁判長となる英国の大官」

ああ、これがいいわ、何でもたいへん権威のある新しい職業につくのだと思えばいいわ、

きっと通ってみせるからと、胸を張って心を鎮めて、筆記試験や英語の会話のテストに臨みまして、ようやく無事に合格致しました。

そのあと三ヵ月ばかり、テーブル・マナーや救急法や、客扱いの心得や、エンジンや飛行機の構造についての講習などがありまして、N航の国内線一番機で飛んだのが、その年の十月二十五日でございます。

そのころは、日本はまだ完全な米軍占領下で、飛行場の出入りには、乗客もN航の関係者も、みんな厳重な検閲があって、現在のターミナル・ビルディングになる前の、あの貧弱な国内線旅客待合所すらまだ出来ていなかった時で、羽田の中に日本の物といったら、一物も無いような、軒先だけをアメリカから借りたような状態でございました。

使用機もDC4が一機だけ、それが孤軍奮闘、東京から福岡、福岡から東京、そして東京から札幌へとピストンのように往復しているのですから、なかなか正確な運航は出来ませんでした。

気象状況が悪化すると、出発準備の整わない――というより、向うから一向に帰って来ない飛行機を、お客様たちに、バスの中や天幕張りの長椅子の上で、じっと辛抱して待って頂いたものです。

「汽車の方が結局早かったかな」などと、笑っていらっしゃる間はいいのですが、

「一体、飛ぶのか飛ばんのか？」

「木炭バスでも、もう少し時間通りに動くものだぜ」

「飛行機が下りて来たら、飛行機に石をぶっつけてやる」と、だんだん険悪になって来ることがよくございました。

人手も揃わず、わたくしたちが、オレンジ・ジュースの箱を提げて、えっちらおっちら飛行機に積み込んだり致しました。

それでも、あの木星号の事件が起るまでは、珍しさも手伝ってか、どの飛行も殆ど満員、よほど前からお申し込みにならないと、座席の保留がむつかしく、ほんとうに急な御用でお出かけの方は、汽車の方が早くて確実だという有様のようでした。

木星号が遭難したのは、昭和二十七年の四月九日です。N航の一番機が飛んでから六ヵ月目でございました。あの事故には、わたくしたち、やはり大きなショックを受けました。大島の三原山の山腹に激突している遭難機が発見されますと、すぐ事故調査委員会というものが設けられまして調査に乗り出しましたが、その時委員会の手で究《きわ》められた究極の所は、結局曖昧にぼかされて、真相は政治的な配慮から揉み消されてしまったもののようでございます。

しかしそのお話をするには、空の交通整理のことを少し申し上げねばなりませんでしょう。

どこの飛行場でも、飛行場にはコントロール・タワーと呼ぶ航空交通管制指令塔があります。羽田を中心にした一定区域内の空は、羽田のコントロール・タワーの管掌下に入ります。外からこの区域へ入って来た飛行機は、すべて羽田タワーの交通整理の指示にしたがって、五百フィートごとの高さに、順々に整理され、積み上げられ、そして一機が着陸するごとに、次ぎの一機が高度を五百フィート下げて、着陸のクリアランスを待つわけです。

一方、羽田を離陸して、羽田のコントロール・タワーの管掌下を離れた飛行機は、どこの指示を受け始めるかと申しますと、それは、ジャパン・フライト・インフォメーション・リジョン――F・I・Rのセンターと申しまして、埼玉県のジョンソン基地と九州の板付《いたづけ》の基地との二箇所にあって、日本の空を総括管制していたものの指令下に入るのです。

空の路は海上と同じく右側通行です。そして通常、西行は五千フィート、七千フィートという風な奇数高度を、東行は六千フィート、八千フィートと偶数高度を取ります。行きあう飛行機の左右の間隔は十マイル。つまり縦に千フィート、横に十マイルのひらきを取って、各々の飛行機が秩序正しく飛んでいるというわけです。

これらは無論、昔の海軍航空隊の名人パイロットのように勘に頼ってやる仕事ではなく、F・I・Rの指示に絶対確実にしたがって、計器に頼り、レインジ・ビーコンやホーミング・ビーコンに誘導されて飛ぶわけでした。

それだけに、万一、F・I・Rの指示に誤りがあったら、それはたいへんな事が起きます。当時、日本の各飛行場のコントロール・タワーも、F・I・Rの二つのセンターも、これを運営しているのはすべてアメリカ軍で、応答も全部英語、日本の空はまだ完全にアメリカの空でございました。

ところで木星号のお話ですが、事故調査委員会の調べでは、高度計が狂っていたというのは、それは山腹に激突した時のショックで狂ったのであること、プロペラが砂を嚙みこんでいる状況から、エンジンもまた、調子よく回転していたと考えられること、等の点が明らかになって、あとはジョンソン基地のF・I・Rセンターと、木星号との会話の記録が調べられることになりました。すると、米軍の管制官が木星号に対して、

「羽田離陸後十分間高度二千を維持せよ」と云うつもりで、

「館山通過後十分間高度二千」(maintain 2000 until 10 minuites after Tateyama) と指示したという事実がわかったようです。

お天気の悪い日でございました。館山から十分間、雲の中を高度二千フィートで、大島のビーコンに導かれて飛べば、いやでも標高二千四百フィートの三原山に衝突します。木星号は完全な姿で、コントローラーの指令を正確に守って、ぴったりと三原山に突きあったわけでした。

この時、パイロットがもっとこの航路に馴れた、日本の地理に明るい人であったなら、

「館山通過後十分間高度二千」の指令はおかしいということに、すぐ気がついて、訊き返すなり、或いは雲の中で独断で高度を上げるなりして、危険を避けることが出来たかも知れません。しかし、木星号の機長は、日本へ来て一週間目、国内を飛ぶのは七回目のアメリカ人でした。彼の頭に、反射的に指令への疑いが湧くほど、彼はこのコースに慣熟しておりませんでした。

コー・パイロット（副操縦士）は、来日三ヵ月で、結婚のためにアメリカへ帰っていて、奥さまを連れて帰任後、初めてのフライトでございました。

　二人のアメリカ人のパイロットと共に、大勢のお客様と、わたくしと同期の二人のスチュワーデスが亡くなりました。

　真相が曖昧にされたために、いろいろなデマが飛びましたけれども、操縦士たちが酔っぱらって乗組んでいたなどというのは、すべて嘘でございます。赤ら顔の人でしたから、そんなことを云われたのかも知れませんけれど。

　それでわたくし、新聞に対する不平を申し上げたくなるのですが、三原山の遭難現場を取材にいらした新聞社の中の一つが、事件を出来るだけセンセイショナルに扱いたかったためでしょう。わたくしのお友達だったスチュワーデスの死体のスカートの裾を、派手にまくり上げて写真に写して、翌日大きく発表なさいました。わたくし見て、非常に憤慨しました。遺体はそんな恰好はしていなかったのでございます。考えただけでもわたくし、いやです。いつかわたくしが、何かの事故で死んで、新聞社の方に、もしもあんなことをされたら、必ず化けて出るから、用心して頂きたいわ。

御承知かも知れませんが、定期便の飛行機は、荷物を積む場合、ニュースのフィルムや新聞原稿は最優先の扱いを致しております。浮力やバランスの関係で、荷を減らす必要が生じた時、扱いの順序は規則でちゃんと決まっておりまして、社用貨物が先ずおろされるのですが、新聞関係のお荷物は、最後まで残ります。

あのあと、わたくしたちの飛行機が、あんな写真を大阪へ九州へ、最優先で大切に運んでいるのかと思ったら、わたくし新聞社のお荷物を見るのが、当分心おだやかでありませんでした。

お話が横道へそれましたけど、この木星号に誤った指令を与えたアメリカ軍の兵士が、誰であったか、どんな処罰を受けたか、それはわたくしたちには、遂にわからずじまいに終りました。

木星号の遭難がありましてからは、しばらくやはりお客様が減りました。中にはしかし、「一度事故があったら、当分は大丈夫だろう」と仰有ってお乗りになる方もありますし、間もなく従来通りの利用率に戻りましたが、こんにちでもお年寄りの方など、まだまだ飛行機は危険な乗り物だというお気持の方が少なくないようです。

若いお父様お母様は、小さな坊やの手をひいて気軽に乗っていらっしゃいますが、大事なお孫さんをお見送りに見えたその坊やのおばあさまが、待合所の外の柵の所で、飛行機が出るまで、下を向いて掌を合せて一心にお念仏を唱えていらっしたのを、伊丹《いたみ》で見たことがございました。でも、わたくし自身は、木星号の事故のあとも、それで乗務の際心がひるむなどということは、少しも無かったように覚えております。

飛行機の旅客運賃は、まだ一般の方にとって決して安くはございませんから、乗客はやはり、会社の重役、高級公務員、議員さん、地方都市の市長さん、映画俳優、大学の教授、そういう方々に偏りますが、それでは皆さんお上品で物分りがおよろしいかと云うと、それがなかなかそうではありませんので、お客様の御生態——変な言葉を使ってごめん遊ばせ、それはもう千差万別、中でも一番お威張りになるのが、当時既に三、四回から七、八回、会社の飛行機を御利用になったことのあるという方で、すっかり通《つう》になってしまいになって、何を申し上げても、

「分ってる分ってる。僕は馴れてるんです」と仰有って、諾《き》こうとなさいません。

もっとも、それ以上ほんとに始終乗っていらっしゃる方たちは、これはもうお静かで、座席も子供さんや御婦人方におゆずり下すって、機内の規則も、わたくしたちの申し上げることも、温順《おとな》しくよく守って下さるという風でございました。

初めてのお客様は、また初めてのお客様ね。妙に気取っていらしたり、おどおどしてい

らしたり、立ったり坐ったり無闇に落ちつかず、「せっかく乗ったんだから、便所の中もちょっと」と、御用も無いのにお手洗をのぞきにいらしたり、明治の初めに初めて汽車というものに乗った人たちも、きっとこんな風だったのか、などと思われるのでした。

わたくしたち、でも余程のことが無いと、乗客のお顔はいちいち覚えておりません。お客様の方では、ところが、案外わたくしたちのことを覚えていて下さるらしく、お休みの日に銀座などで、よくにこにこと向うから会釈をして下さる方がございます。

わたくしども、何でも「スマイル、スマイル」で、勤務中顔から微笑を失わないようにとしつけられておりますけど、勤務外の時に、多分飛行機でお逢いした方だろうとは思っても、どなたかはっきりしない殿方に、こちらからもにこにこお返しは出来ませんでしょう？　すると、

「商売を離れると、いやにつんつんしますね」などと云われますけど、考えても見て下さい。東京から大阪まで一時間五十分、離着陸の際のベルトを締めて席に坐っている時間を差引くと、一時間半あまり、六十人のお客様と平等にお話をして廻っても、お一人様一分三十秒ずつのお付き合いでございます。お顔を忘れてしまっても仕方がありませんでした。

或る時わたくし、新橋の駅で、確かに見たお顔の男の方に、

「やあ、これは珍しい。元気にやってますか？」と肩を叩かれ、

「はあ、お蔭様で三日にあげず元気で飛んでおります。――この頃もよくお乗りになりますか？」そう御挨拶申しましたら、妙な顔をなさるんで、はっと気がついて……、女学校の時の体操の先生なんで、わたくし東京の女学校じゃございませんので、そんな所で昔の先生にお眼に掛るなんて想像出来なかったからなんですけど、すっかり間誤ついて赤くなったことがありました。

田舎弁丸出しの、地方の団体のお客様も時々ございました。

北海道の浴場組合の団体だの、足袋靴下小売商組合の飛行機講だの、地方新聞の夢の東京愛読者招待飛行だの、子供のようにはしゃいでいらして、賑かでございます。

わたくし、鳥取県の田舎に、小さい時から可愛がってくれた大伯母がおりまして、貸切り飛行の時の、こういうお客様、どちらかというと好きなんですけど、一般の乗客の中に混って、観光バスに乗ったようなおつもりで日の丸の鉢巻しめて、のど自慢の「会津磐梯山」か何かお始めになると、これは少々困りました。

仕事で疲れて眠っていらっしゃる方や、日本へお着きになったばかりの外人の方や、必ず乗っていらっしゃいますから、お席へうかがって、

「恐れ入りますけど」と申し上げて、やめて頂きます。

それでも、貯金なさった高いお金で、一生の思い出にとお乗りになった飛行機で、窮屈なことを云われるのは御不快なのか、わたくしどもの方、じろりと御覧になって、酒焼け

のした咽首の膚をふるわせて、

「エーヤーァ」とお始めになったら、もう処置ないわね。

でも、そのままでいるわけに参りませんので、それこそスマイル、スマイル、出来るだけのにこやかさで、二人のスチュワーデスが替る替る出かけて行って、ほかのお客様の御迷惑になりますからと、

「恐れ入ります」を繰返すんです。

「エーヤーァ」

「ほんとに恐れ入りますけど」

「エーヤーァ」と、根較べみたいになってもしかし、必ずそのうちお声がだんだん小さくなって来て、

「車掌さんには負けたわや」などと、照れかくしに笑っておやめになります。

それから田舎の団体の方は、お握りだのお寿司、お赤飯、かきもち、味噌煎餅《せんべい》、林檎《りんご》、蜜柑、お饅頭、きっと沢山持っていらして、札幌から東京、福岡から東京といってもせいぜい三時間か四時間、その短かさが感覚的に理解なされないらしく、しきりにむしゃ詰めこんでいらっしゃいますけど、そのうち機内の御食事が出ます。

「ほう、洋食の御馳走やね。これ、いくらです?」

「これは会社のサービスで、無料でございます」と申し上げると、

「それなら貰って置こう」と、それも召し上らなくてはならないし、「皆さま、あと約十五分で、東京国際空港に着陸致します。座席のベルトを締めて、お煙草をお控え下さいまし」というアナウンスを始めると、さあ大変、食べ残しを席の下にいっぱい散らかして下りていらっしゃいます。

よくお話には聞いておりましたけど、議員さんは議員さんで、やはりほんとに勇ましい方がいらして、一度例の「恐れ入ります」で御遠慮願ったことがございました。

何をって、列車の寝台にお入りになったつもりか、御搭乗早々、一番前の席を占めて、その上に立ち上って、ズボンも上着も脱いで、シャツとステテコの姿になろうとなさるんですもの。国際線の中でなくてまだしもだったかも知れません。

それから、わたくしどものことを、ねえちゃんとお呼びになります。――もっとも、日本語は、二人称がいろいろたくさんあって、厄介ですわね。

まあ、「あなた」「あんた」「君」ぐらいが普通のところで、「お前」「おめえさん」となると、わたくしたち「パッセンジャ・イズ・オールウェイズ・ライト」が少し怪しくなって、いつもの通りにこやかに顔の筋肉をほころばせて置くのに、相当努力を致しました。「ボーイさん」「車掌さん」は御愛嬌ですけど、「ちょっと、おねえちゃん」はずいぶん多うございます。悪気があってこうお呼びになるのではないと存じますけど、大阪のお客様に多いんです。今でもそのように聞いております。

生意気にお客様の棚下ろしを始めましたついでに、一番いやなのを申し上げれば、いつでしたか、夕方福岡発の三〇二便に、日が暮れて大阪からお乗りになった、五十年輩の肥《ふと》った商人風のお客様、鈴鹿を越えた頃、ベルでお呼びになったのでお席へ参りました。機内はうすぐらい、となりの方はシートをたおして眠っていらっしゃいます。

「お呼びでございましたか？」と伺うと、

「ねえちゃん、ちょっと見てくれ。何や固いもんお尻の下にあって、あんじょう坐れへん」と仰有います。

ベルトの金具をお尻に敷いていらっしゃるんで、もしかしたらわざと敷いていらしたのかも知れませんが、

「あら」と云って、抜いて差上げようとしましたら、脂《あぶら》ぎった掌でいきなりじっと、わたくしの手をお握りになりました。恥をおかかせしないようにと思って、そっと脱《はず》そうとすると、殺したような声で、

「羽田へ着いてから、ちょっとめしつき合わんか？」と仰有って、へんな馬鹿力でお離しになりません。暫くもみあっておりましたけど、わたくし、とうとう叩きました。やわらかに叩いたりして却って錯覚でも起されると困りますから、その手の甲を、思い切りピシピシ叩いて差上げたら、

「あかんか?」と云って、にやりと笑って眼をつぶってしまいになりましたけど、お客様を叩いたことが少し気になって、翌日羽田で会社の人に報告しましたら、別にお叱りは受けませんでした。

でもこういう方ではないのかしら? よく本社あてに匿名の投書が来るのでございます。「スチュワーデス某々は、何月何日何時頃、妙な男と温泉マークへ入るのをこの眼で見た。貴社においては、女子乗務員が高級売春行為をなすのを黙認しておるのであるか? スチュワーデスの品行に関して厳重なる注意を払われんことを切望する」というたぐいだそうです。

そのスチュワーデスは、調べてみると、その時刻には釜石の上空あたりを飛行中という風な結果が出まして、大抵食事やホテルへのお誘いをお断りした意趣返しで、社の方でも心得ているらしくて、いちいちまともには取り上げていなかったようでございます。

記念写真を撮るからと、肩を組まされたり手を重ね合わされたり、その程度のことはしょっ中でした。悪い気もしないんじゃないかって? ——まあ殿方ってどうしてすぐ、そういう風に頭をお働かしになるんでしょう? それは相手によりけりで、よりけりの相手なんて、そんなにいらっしゃらなかったわ。

機内のお作法は、残念なことですけど、それははっきり申し上げて、外人の方がはるかによろしいんです。自然で物静かで、規則をちゃんと守って下さって……。ただ、法外に我儘で傲慢な態度をなさる方があるのも、やはり外人でございました。日本ずれのしたアメリカ人が一番いけませんようです。植民地にでも来ていらっしゃるようなおつもりなのでしょうか？

米軍のある高官の方、ぎりぎりに乗りこんでいらして、お連れの女性二人と離れ離れのお席になったのが大層御不満らしく、離陸後すぐ、まだベルトのサインが出ている間に勝手にうしろの方へ出ていらっしゃいました。わたくしたちもまだ、席についてベルトを締めておりました。

坐ったまま御注意申し上げると、

「フム？」とわたくしの英語が通じないという顔をなさって、パントリーへ来て、御自分でスープを出してたくさん召上り、それからよろよろと、わざとよろめいてわたくしの足をふみつけて、

「オオ、ソリー」と大袈裟に云って、お連れの女の方のところで立話をお始めになりました。

わたくし、お連れさまのところへ立って行って、ベルトのサインが消えるまで、どうかお席にお帰り下さるように仰有って下さいとお願いしましたが、女の方たちも、

「彼は此処《ここ》にいたいんだ」と云って、取り合って下さいません。要するに、自分たち高位高官のアメリカ人に、何故一緒のいい席を都合せず、ばらばらに日本人と並んで坐らせる

のかという御不平が、それでも露骨には仰有れなかったのでございましょう。

それから、或るアメリカ系の清涼飲料の会社のマネージャーの方、初めはどういう方とも存じませんでしたけど、河馬《かば》のような体格の紳士で、羽田でお乗りになるなり、わたくしの頬っぺたにいきなり一つキスをして、隣りの席へ坐りたいと仰有います。

お断り申し上げましたら、さあそれからぐずぐずお云い出しになって、飛行機がまだエンジンを始動しているうちから、

「腹が空《す》いた、食事を呉《く》れ」と子供のような御催促です。

「離陸致しまして高度が定まり、ベルトのサインが消えましたら、すぐお持ち致しますから」と申し上げるのですが、

「非常に腹が空いているから、すぐ持って来い」なのです。

こんな時いちいち怒ってつんつんしていたら、わたくしたち勤まりません。

「そんなに、我慢がなされないくらいお腹が空いていらっしゃるんでしたら、サンドイッチですけど、幾ダースくらいお持ちすればよろしゅうございましょう？」と英語で訊ねますと、即座に、

「一ダース」というお答えでした。

サンドイッチの箱は、乗客の定数のほか、ほとんど予備は積んでおりませんでした。少し悲愴な覚悟で、

「かしこまりました。それではただ今すぐお持ち致しますが、あなた、この場でそのサンドイッチの箱一ダース、きっと召し上って下さいませ。もしもお残しになったら、わたくし承知致しませんよ」と、そこはアメリカ人に対する女性の特権で、きつく申しましたが、お隣の席のやはり外人の方が、

「そんな約束はしない方がいい。この男は、ほんとに一ダースくらい食うかも知れない」と、真顔で心配して下さいました。

「水も呉れ」

食事の時水を飲むのは、蛙とアメリカ人だけだなどと、ヨーロッパの人たちは悪口を云いますが、

「お水？　承知いたしました。お水は何ガロンくらい持って参りましょうか？」そう云うとその河馬さんのように大きなアメリカの方、初めてにやっとなさいました。たいていの場合は、これでもうよろしいんですけど、ほっとする間もなく、その方話を変えて今度は、

「今日のキャプテンは誰だ？」とお訊きになります。機長のアメリカ人の名前を申し上げると、

「コー・パイロットは？」

副操縦士は日本人でございました。その名前を申しますと、卒倒しそうな恰好をなさって、

「日本人が操縦している飛行機なんか、危くて乗っていられない。直ぐ降りる。降ろしてくれ」と仰有います。

癪にさわって来て、

「さようでございますか。残念ですけど、それでは是非もございません。ただ今ドアをひらきますから、どうぞお降り下さいまし」そう云いましたら、さすがにお困りの様子で、おむずかりが少しおさまって、サンドイッチのことも仰有らなくなりました。

そのうち飛行機は誘導路へ出、滑走路わきで出発のクリアランスを待って、やがて滑走離陸いたします。

海の上へ出てベルトのサインが消えると、この方の隣席の外人がわざわざ立ってわたくしどもの所へいらして、

「あれは△△コーラのマネージャーで、札つきの男なんだ」と、小声で教えて下さいました。

いいことをうかがった。わたくしそれで闘志満々、お席にもう一度出かけて、にこにこ顔を作り、

「ただ今サインが消えました。どうぞベルトをはずしておくつろぎ下さい。食事はすぐにお持ちいたしますが、あなた食前に、△△コーラを四、五本いかがでございますか？」と、じっとそのハムのようなお顔を見つめました。そうしたら、急にぽかんとしたような顔を

なさり、しばらくしてから、はげしく、
「ノオ、ノオ」と手を振って、愛嬌たっぷり閉口なさいまして、それっきり、少なくとも
その飛行中は、もうすっかり温順《おとな》しい、いいお客様に変っておしまいになりました。
上空ではお酒の酔いが早くまわるようで、国内線では機内禁酒でお酒のサービスは致し
ませんけど、お乗りになる前に召し上っていらした酔いが一時に出て、くだを巻いたり、
浮かれて歌を唱ったり、中には、気持が悪くなってお吐きになった後始末をするのに、わ
たくしどものハンケチを呉れと仰有った方がございました。
備えつけのクリーネックスを差上げましたら、
「君のハンケチが欲しいの」
三十歳くらいの混血児らしい、日本語も英語もお達者な方でしたが、仕方なく自分のレ
ースのハンカチをお渡しすると、それでお口のよごれをお拭いになって、
「やっとさっぱりしました。このハンカチ、記念に貰っとくわね。これ取って置いて下さ
い」と、千円札を一枚お出しになります。わたくしたち、これは世界中のスチュワーデス
がそうですけど、お心附けは一切頂きません。しつこく仰有る方には、
「頂くと馘《くび》になりますので」
こう申し上げると大抵納得して下さいます。その千円も御辞退申し上げました。そうし
たら、

「じゃあね、僕、あさって東京へ帰って来るから、会う約束をして下さい」と仰有るのです。

相手にならぬようにしておりましたが、なかなかしつこいので、周囲の日本人の乗客たち、みなさん御退屈しのぎ、好奇心を持って聴き耳を立てていらっしゃいます。向うさまは平気なの。何しろお吐きになったあとでも、まだ生ま酔いらしいんです。

「英語でお話致しましょう」そう云って、わたくし、「お目にかかってどう致しますの？」と英語で伺いましたら、

「日活ホテルへ行って、先ず食事をして……。それは、僕がいつもそうすることにしているから。僕が飛行機に乗った時のお礼心」と仰有います。

「お礼心って、うちのスチュワーデスが、日活ホテルにおつき合いしたことがございますか？」

「えーえ。いつもよ」

わたくし断然また憤慨して――、同僚後輩の素行調査をしているわけではありませんけど、そんなこと、絶対に嘘でございますよ。念のために申し添えて置きます。

それから、わたくしの英語の力で思い出せるありとあらゆる悪口雑言、頭の上から浴びせかけましたら、

「うわあ。あなたほんとに怖い人ねえ」と、これは日本語で仰有って、岩国で降りておし

まいになりました。

その頃、N航空の飛行機は岩国に寄航致しておりました。岩国は英濠軍の基地で、中国の国民政府系のCATの定期便も降りました。飛行機を利用した密貿易が大分盛んだったという噂で、何かそういう関係の人だったかも知れません。

もう少し明るいお話を致しましょう。

七千フィートの高さから見る日本の景色の美しさ。しばらく乗っておりませんけれど、今の季節でございますと、晴れた日、富士は裾まで雪をかぶっておりますし、西へ行くにつれて信州の山々の中から、槍ヶ岳のとがり出た頂きが真っ白に、骨のように、澄み切って見えて、駒ヶ岳も御嶽山もすべて真っ白でございます。

それが大阪を越すと、山々の姿がまるくやわらかに変って、凪《な》いだ瀬戸内の海が、外人の方から、

「この海は凍っているのか？」と御質問を受けたことがあるくらい穏かで、島々の姿は眠ったよう。

東の方では、地図の通りのやさしい形に見える御前崎、三原山の、一本々々輝いている山の樹、海岸線の深い藍色と白く砕けている磯波。わたくし少し少女趣味なのかしら？何度飛んでも、感激して涙ぐみたくなるくらい美しゅうございました。

午後おそく大阪を出る当時の一〇二便で東京へ帰って来ます時など、富士山の向うに五月の太陽が沈んで、夕焼雲を曳《ひ》いた山肌が紫色にくすみ、そこで爽かそうな晩春の空気の中を槍のように飛んで行くジュラルミン色のジェット機と行き逢ったりしますと、申し分ございません。

いつか青森県の三沢へ降ります前、機長が簡単な暗号表を忘れて来て、地上の米軍との連絡が不充分になりましたら、忽ちジェット戦闘機が一機舞い上って来て、こちらのダグラスの翼のわきにぴたりと添いました。

こちらのプロペラーの面が陽を受けてキラキラ光っております。その向うにジェットがぴったりついているのです。機長があわてて、無線電話で諒解を求めましたら、ジェットはするりと、落ちるように去って行きましたけど、まことに鮮かな美しさでございました。

札幌線では松島もきれい、北海道の平原や、鋭利なナイフのように尖った山の姿もきれい、西へ来て、蓮華草《れんげそう》の花むしろ、晩春、瀬戸内海の島々を白くいろどる除虫菊の花ざかりもきれい。東京や大阪の灯の、砂を撒いたような夜景の美しさは、申すまでもありません。

そのわりには、空から見る桜の花があまり美しいと思えませんけど、わたくしたちのお仕事で、一等楽しかったことはと云われましたら、やはりそれは、札幌から福岡まで美しい日本の四季を、機上から飽かず眺め得た喜びかも知れません。春、北海道はまだ寒くて、薄い吹雪の千歳飛行場を発《た》って参りまして翌る日福岡へ飛びますと、九州の野は、一面菜の花の花ざかりでございます。

わたくし妙なことに、札幌線ではよく変ったことにぶつかりました。ある年の夏、喀血のお客様のお世話を致しました。あとで伺うと、胸がお悪くて、今度喀血したら助からないと医者に云われて、御家族のいらっしゃる横浜へ、北海道から命がけで会いに行こうという、四十くらいの男の方でしたが、お手洗にお入りになりましたので、そのあといつもするように一寸《ちょっと》お手洗の中を検《あらた》めましたら、洗面場に点々と血がついております。

ぎくりと致しまして、それでも救急法を習ったおかげでこれは喀血の血だとわかりましたが、どのお席の方だったか、アナウンスで伺ってみるわけにも参りません。そのうちベルが鳴りましたのでお席へ行ってみますと、まっ青な顔をして、口をハンケチで抑えていらして、

「なりましたなりました。いよいよ来ました」と仰有います。

「今お手洗でお吐きになったのは……?」

「そう、僕。すぐ新聞紙をたくさん持って来て……」と云って、またせきこんで喀血なさいました。

うがいの塩水が欲しいと仰有いますけど、飛行機の中、妙な物が足りませんもので、塩がございません。ほかのお客様が、

「何だ何だ？」とお訊きになります。

「お酔いになって、ちょっと御気分がお悪いだけです」とお答えして、機長に高度を下げてもらうように頼みに行って戻って参りますと、東京まで到底持たないから、遺言を書きたいと仰有います。

紙を用意して差上げましたが、五、六字大きな字でお書きになったきり、書き続けられなくて、わたくしが聞いて代筆を致しました。

「遂に横浜までたどり着けず、飛行機上で死ぬのも天命です。よし子、あきらめておくれ。飛行機賃を半額、札幌事務所の河田さんに借りている。よろしく頼む。——それだけ」と仰有いました。

気味も悪いけど、何だかほんとにお気の毒で、乗務員たちに相談して、機長の決断で松島へ不時着を致しました。

ここもその頃米軍基地でしたが、機上から連絡しておきましたので、すぐアメリカ軍の救急車が来てくれまして、担架でかつぎ下ろす、救急車にお乗せする、釜石の病院へかけつける間に救急車の中でもう輸血が行なわれて、その後伺った話では、助かって療養生活をしていらっしゃるということでした。

それから東京までわたくしたち大変で、お吐きになった紙屑など全部お手洗の中へ捨てて、そちらのお手洗は締切りにしまして、お席のあたり一生懸命アルコールで消毒して、機内の空気は自動的に三分ごとにすっかり入れ替るようになっておりますけど、ほかのお客様がたもずいぶんお気持が悪かったろうと存じます。

初めての年の暮には、三沢の飛行場に不時着したことがございます。N航の札幌線が定期的に三沢へ降りるようになりましたのはそのあとで、現在はまた三沢寄航を取り止めているようですが、とにかくその時には、三沢には会社の事務所が無くて、米軍ばかりの飛行場でした。

午前十一時札幌着の予定でしたが、天候不良、視界不良で、千歳の上空へ来てから飛行場の上を二時間ばかりぐるぐる旋回した末に、着陸出来ずに三沢まで引返しました。三沢も吹雪で、雪がたくさん積っておりました。暮の二十七日のことでございます。

その前、不時着の心配などまだ無しに飛行しておりました時に、

「君、口説いてもなかなかものにならんのはね、どうだ一度飛行機に乗せてやろうかというといいそうだね。大抵ついて来るそうだ。北海道まで連れて行ってしまえば、オーケーだからな」

そんなことを得意げに、お連れの若い方に云っていらした社長さんタイプの方、わたくし、まだ飛行機が珍しい頃とはいえ、そういうN航空の御利用法もあるのかと、少々呆《あき》れておりましたが、不時着したら途端に、女のお話からお金の話に変りまして、

「どうするんだ？　年末にこんなことになって、今日中に札幌へ着けないと、俺は四十万

円の損をするんだ。とにかく処置をはっきりさせて、何でも早くしてくれ」と、食って掛っていらっしゃいました。

他のお客様たちもみんな、年の瀬で気があせっていらして、

「早くしろ」

「早く出せ」と仰有います。

「これで三百万円の契約を取り損った」と、やはり御商売のことを云っていらっしゃる方もございます。

「雪さえやみましたら出ますから」と申し上げて、一時間一時間と気もそぞろで皆様の御苦情を承っているけど、天候は恢復《かいふく》しそうもありません。そのうちだんだん夕暮れが近づいて参りました。

その頃、札幌千歳の飛行場は、滑走路にランプが無くて、日が暮れると着陸が困難になる状態でございました。これは今日はもう駄目かしらと思っているうちに、気温が少し上って、雪が小雨に変ったのはよかったのですが、悪いことに今度は飛行機のエンジンが一台不調になりました。

これが知れると、お客様方の御機嫌がまた一層悪くなりました。

四十六人のお客様全部日本人で、あいにく米軍とテキパキ交渉して下されるような関係の方、一人もいらっしゃいませんので、わたくしたちが雪どけのぬかるみ道をハイヒール

で走りまわって、電報を打ったりアメリカ兵とかけあったりしているうちに、東京からは、救援機は出せない、そちらの飛行機は空《から》のまま羽田へ回送せよという指令電報が参りました。

エンジン不調の場合は、たとい飛行可能でも旅客をお乗せすることは出来ない規則になっております。こうして長い間寒いところでお待たせした末に、日本人のパイロットのOさん——、まだ日本人パイロットが認められず、実はパーサーの名目で乗っておりました人ですが、このOさんが、

「まことに申し訳ありませんが、事情やむを得ず、これで運航を打ち切ります。札幌行の列車を御利用の方、今夜当地で宿泊御希望の方は、それぞれスチュワーデスまでお申し出下さい」という発表を致しましたら、途端にわっとお湧《わ》き立ちになって、

「馬鹿野郎」

「金返せ」

「めし食わせろ」

「そうだ、そうだ」

平素労働組合のデモで悩まされていらっしゃりそうな方々が、まるでデモ隊のような興奮状態で、わたくしたち壁ぎわに追いつめられて、取り囲まれてしまいました。

わたくしとペアのもう一人のスチュワーデスも、やはりすっかり興奮してしまって、ア

メリカ人のコー・パイロットがこれはいけないというので、こっそりそのスチュワーデスを機内へ連れこんで、やがて飛行機は空のまま東京へ帰って行きました。

このコー・パイロットが、のちに木星号で死んだ人です。

「俺だけちょっとたのむ。わけがあって、こうしちゃいられないんだ。東京へ連れて帰ってくれ」と、飛行機にもぐりこもうとなさる方が一人ありましたが、わたくしたちこうなると、会社の規則に従うよりほかございませんので、お引きとめしてお断り致しました。残されたのは結局四十六人のお客様と、会社側はOさんとわたくしだけです。

「生意気だぞ、金返せ」

「金返せ。独占事業、ボロ会社」

「めしはどうした、めしは」と、口々にお叫びになります。

こういう場合、運送約款で、東京三沢間の飛行料金はお返ししないことになっているのですけど、わたくしも罵倒されているうちにのぼせてしまって、もう少しで、

「お金は、わたくしが責任を持って、本社と交渉してお返し致しますから」と口に出しかけました。そうしたらパーサーのOさんから、

「そりゃ絶対云っちゃいかん。そんなこと云って、東京へ帰ってから後始末をどうするつもりだ？」と止められました。

それから、わたくしがお客様側の云い分を代表し、Oさんが会社側の立場を代表し、一

対一で二《ふ》た手に分れて、すべての問題を処理して行くことになりました。と云っても、わたくしは事実は会社側の人間ですから、お客様の中から三人の方が代表にお立ちになり、その御希望をわたくしが承って、たとえばこういう風に申します。

「今夜は宿泊費会社持ちで、ここで泊って、明日の札幌行の飛行機を三沢に降りるように手配してほしいという御希望が多いんですけど、どうでしょう?」

実際はそう出来たら、その方が早く札幌へ着けるのです。

「しかしそれは、明日の飛行機もほぼ満員で、そのお客様を東京でお断りすることは出来ないから、無理ですね」とOさんが云います。

まあ半分お芝居です。Oさんは、憎まれ役を一人で買って下さったわけでした。

それから頼まれました電報を二十通ばかり処理して、米軍のバスを二台都合してもらって、少し離れた東北本線の古間木《ふるまぎ》という駅まで皆さんと御一緒に引き揚げました。

現在ではいつも日本人パイロットが、封緘《ふうかん》した相当額の予備金を持って飛んでおりますけど、この時は会社側の持ち金三万円、皆さんから少しずつお立替え頂いて、札幌までの二等切符を頭数だけ買い揃えました。

青森行の列車を待つ間に、皆様駅の近所でお酒を召上っていらして、わたくしはそれでもお客様側だし、女性のありがたさで、お食事のお世話などしているうちに少しずつ思《おぼ》し召しがよくなるのですが、Oさんの立場はだんだんに悪く、殴られそうで、汽車に乗ってからは郵便車のデッキの方へ逃げておりました。

夜半に青森の桟橋に着きまして、わたくしたち二人は、これも本社からの指令で札幌までのお供はせず、連絡船の出るのを見送って、翌日の急行で青森から東京へ引返して参りましたが、こうしてお客様に大変な御迷惑をかけ、会社にも大きな損害を与えることを承知で、機長が不時着の決意をするのは、心理的に相当の勇気が要ることです。それはよくよくの場合なのですが、時には、よくよくの場合以前に決心をして、危険を避けることも必要のようです。誰しも望まないことなのですから、外人の心得ていらっしゃる方などには、こんな時、

「機長、よく不時着してくれた」と仰有って、キャプテンに握手を求めにいらっしゃる方がございますそうですけど……。

旅客名簿でございますか？　名簿は部外公表禁止ですが、わたくしたちは乗務の前に先ず、カウンターでこれに眼を通すことになっておりました。

「V・I・P」と記してあるのは、ヴェリイ・インポータント・パーソンで、ギリシヤの王子様とか、自民党のおえら方とか、アメリカの国防次官とか、何も特別な扱いはしませんけど、一応頭の中でチェック致します。それから、この便で名古屋でお降りになる方が幾人様、大阪までが幾人様、合計何人様と憶えます。これをうっかりしていると、名古屋とか岩国とかで、お客様をおっことして来るようなことになりました。

今はN航の飛行機は名古屋にも三沢にも岩国にも降りませんからよろしいでしょうけど、羽田で大阪行にお乗りになったら、次ぎに着陸する所は大阪だと信じて、アナウンスにも全く注意を向けていらっしゃらない方があって、名古屋の小牧飛行場を伊丹と間違え、飛行場の様子なんて似たようなものですから、市内営業所行きのバスにさっさとお乗りになって、走り出してから、

「それがなも」などと名古屋弁が聞えるので、どうも少しおかしいとお気づきになった頃には、わたくしの方はお客様を一人おっことしたことも知らずに、桑名の北あたりを飛んでいたという風な失敗を、二度ばかり致しました。

旅客名簿では、それから「新聞禁止」の項目も眼をとめます。北海道とか九州とかの新聞には、その日会社の飛行機で発着なさった主なお客様の名前が出ますけど、出ては都合の悪いという方もございますから、これも心得ていなくてはなりませんでした。

わたくしどもが機内に入って、お客様をお迎えするまでの間は、ちょっと眼のまわるような忙しさでございます。空港サービス会社が積みこむお食事を受取ってサインをする。シートのポケットに、案内のパンフレットや屑入れの紙袋を配って歩く。酔止め、グレラン、アスピリン、アルコール、繃帯、胃腸薬など救急薬品は揃っているか、窓はきれいか、毛布はちゃんと積んであるか、スピーカーとマイクロフォンの調子は、お手洗の石鹸は、トイレット・ペーパーはと、こまごま気を配らねばなりません。客船とちがって、何ぶん

重量に制限のある狭い世帯ですから、倉庫をゴソゴソやれば何か適当な物が出て来るというわけには参りませんので、お盆一つ積み忘れても、それは難儀なことになりました。

スチュワーデスの服装は、世界の航空従事員がみんな着ている空色の制服、それと同色のコート。それからナイロンの靴下、パンプス。

お化粧はあまり濃いのは駄目、アクセサリーも耳環やネックレスは駄目、髪も不潔になり易いから長くしてはいけないと申し渡されておりました。香水も、上空では匂いが強くなって、そのために気分を悪くなさるお客様が出るので、禁じられておりました。

こんな風にお話していると、あの空色の制服を着て飛行機に乗っていた頃のことが、たいへんなつかしく思われて参ります。

飛行機の匂いがあるのをお気づきでしょうか？　油っぽいような一種の匂いです。わたくしたちの制服には、あの匂いが染みついておりました。胃の悪い時など、降りてからもあれが鼻について、むかむかすることもございましたが、病気や講習で二週間も乗務しないと、あの匂いさえ恋しくなって、

「早くまた乗りたいなあ」と思ったものでございます。

羽田で働いているランプ・クルーの男の方などの中にもやはり、ただ飛行機が好きで好きで、飛行機のそばにいられる仕事なら何でもいいと云って、大学を出て下積みの作業に甘んじていらっしゃる方がありました。

家庭に入ってしまってからは、飛行機の旅をする機会などは、もうめったに訪れて来なくなりました。申し上げればまだいろいろの思い出もございますけど、それではこのへんで失礼することに致しましょう。

おせっかいの戒め

東京・昭和通りの自動車ラッシュ（中央のルノーを運転するのが著者）

「親譲りの無鉄砲で子供の時から損ばかりして居る」

というのは、漱石の「坊っちゃん」の書き出しであるが、その真似をして云うと、私は持ち前のおせっかいな性分で、始終馬鹿な思いをしている。

おせっかいな性質をなおせばいいのかも知れないが、人間身についた性《たち》はなかなかあたまるものではないし、第一、おせっかいをする時には、これでまた損をするかな、という風には思わない。自分のやろうとしている事が、余計なおせっかいだということさえ意識はしない。

思いついて、ぱっと実行に移すから、たいていの場合、結果は自分で苦笑したいようなことになり、或いは多少の自己嫌悪に陥るようなことになるのであるらしい。

おせっかいは、せっかちな性分と結びつく場合が多いのかも知れない。せっかいとせっかちとは、字面の上でも一字しかちがわない。

或る時さそわれて、某映画撮影所を見学に行った。

埃《ほこり》くさいスタジオの中に、客車の内部がセットでこしらえてあって、その二等車の中では、ドーランを塗った美人女優と、同じくドーランを塗った二枚目的男優とが、仲むつまじく、弁当をひらいて、数行の会話をするカットが、いよいよ本番の撮影にかかるところであった。

客車の出入口のドアが、すりガラスになっていて、こちらから見ると裏がえしの文字で「二等」とスカシになっているのはいいが、ドアの上に客車の記号番号が書いてある。それが、

「オハ60126」と書いてある。

国鉄の客車の記号で「ハ」というのは三等車の意味だから、これは「オロ」か「スロ」でなくてはおかしい。

「へんだな」と思いながら、テストの間私は眺めていたが、やがて、

「はい、本番行きましょう」

「本番」という、気合の入った掛け声を聞いて、とうとう我慢が出来なくなった。

スタッフが配置につき、二人のスターがポーズを取り終った時に、

「ちょっと待って下さい」と云って、私は横から割って入った。

「あのね、あの客車の記号ね、あれは、この型の二等車だと、『オロ35』ぐらいでないと変なことになりますよ。『オハ60』は、木造車を改装した三等車の形式番号ですからね、そのまま写ると具合が悪いんじゃないでしょうか?」

いよいよカメラが廻り始め、俳優たちが然るべきせりふをしゃべり出す直前であったから、撮影に特別に関係のない私が――私の作品の映画化で見学に来ていたのではない――ダメを出したことで、その場の緊張が急に崩れたようであった。

カメラの所から、監督が立って来た。

監督は大変にこやかな調子で私に挨拶をした。

「あの部分は、カメラに入らないんです」と彼は云った。「たとい入っても、あの字は画面の上では読めるようには写らないんです。御注意どうもありがとうございました。今度正しい記号に書きなおすように、云っておきましょう」

彼はそれから、抜けた気合を立てなおすように、

「はい、もう一度、本番テストから行きます」と一同を見廻した。

「はい、本番テスト」と、助監督たちが答えた。

テストからやりなおしである。

いささか忸怩《じくじ》たる気持になった私に向かって、助監督の一人が、

「もう少しさがっていて下さい。すみませんが、御静粛に願います」と云った。

こういう話を並べ立てたら幾つでもありそうだが、私はここでは、自分の持っている小さな自動車に関するおせっかいの失敗談だけを、書いてみようと思う。

今年の夏は、はげしい夕立の来る日が度々あった。

急な土砂降りに見舞われて、帰宅の途中、傘なしでバスを待ちながらしぶきを浴びて軒下に雨やどりをしている人を見ると、ボロ車でも自分の自動車で濡れずに走っている者は、いくらか悪いような気持にならざるを得ない。

私の車はルノーだが、一人で走っている時なら、あと三人は収容出来る。

物騒な相手に乗って来られては困るけれども、学生、会社員、老人、子供づれの婦人などで、向うが私の人相を信用してくれるなら、そういう場合はなるべく乗せてあげたい。ラッシュ・アワーの俄《にわ》か雨では、バスも満員だろうし、タクシーもなかなかつかまるまい。私は適宜車を停めて、自分の経路と行先とを告げ、同方向へ帰る人があれば、よろしかったら乗って下さいと云うことにしている。私としては一種の親切のつもりだが、この件に関して、友人たちは必ずしもそうは認めてくれなかった。

「つまらぬ世話焼きだよ。乗せられている間、相手は心配で心配で、生きた心地も無いだろうに」などというのはいい方で、

「要するに綺麗な女の子でもいたら、乗せて、夕立を口実に、何かきっかけでも作りたいということなんでしょう？　正直に云って、助平根性なんだろう？」というような批評をされた。

そういう要素も、無いことはない。しかし不幸にして、今まできれいな娘さんを拾った

経験を私は一度もしていない。そういう要素があると、却って若い娘さんには声が掛けにくくなる。声を掛けようかなと思いながら、つい走り過ぎてしまうのである。

一番それに近かったのが、せいぜい二人の女子高校生を乗せた場合であった。

午後四時少し前、急にひどい降りになって、フロント・グラスをワイパーが拭《ぬぐ》うのが間に合わず、ガラスの上を雨が滝のように流れていた。アスファルトの上からは、はねっかえった白い雨脚が、逆に無数に突っ立っているように見える。

その降りの中を、中野の昭和通りを東へ向かって走っていると、四、五人の女学生が一《ひ》とかたまりになって、小さな店の軒下に雨やどりをしていた。

私は車を停め、

「僕はこれから、東中野の駅の横を通って、青梅街道から甲州街道へ出て、渋谷まで行くんだけど、そちらへ行く人があったら、乗りませんか？」と呼びかけた。

高校の制服を着た女の子たちは、お互いに顔を見合せてもじもじしはじめた。何かこそこそ云っている。少し興味もあり、実際困ってもいるのだが、さて……というところらしい、お互い同士の思惑もあるし、先生に聞えたら何と云われるかというようなこともあったかも知れない。私は黙って待っていた。

私は気が短いけれども、相手方の小田原評定はなかなか長かった。

「乗らなければ、行くよ」と私が云いかけた時、一人の娘が、

して、疑わし気な声を出したのである。

「小父さん」と呼んだ。

「ねえ、小父さん、大丈夫？」と彼女は、まるで香具師の品物を品定めするような、疑わし気な声を出したのである。

「大丈夫です」と私は答えたが、どうもこれはあんまり気のきいた感じではなかった。相手も相手で、大丈夫かと訊いているのは私の運転の腕前のことでないのは分っているが、どちらにしても、「大丈夫でない」と答える馬鹿はいはしない。そのうち、

「どうする？」

「乗っちゃおうか？」と、一とかたまりの中で、一番浮足立ったのが二人、飛び出して来た。

「乗るわ」と一人が云った。

「ありがとうございます」と私は云いたくなった。何も、失礼なことを云われてまで、無料のタクシー・サービスをすることはなかったと思ったが、仕方がない。

「それなら一人は前に乗って下さい」

私は云った。

自分の持ち車に人を乗せる時は、うしろの席は犬と手伝いの子の席ということになっている。なるべく前の席へ乗せるのが礼儀であり、乗るのが礼儀だということになっている。

私はそのつもりだったのだが、女子高校生たちは、

「二人ともうしろにしてよ」

そう云って構わずうしろのドアを開けてもぐりこんで来た。

考えてみればしかし、これは無理もない。私は走り出した。

どういう話をすれば、私が「大丈夫」なことが分ってもらえるか、どうもうまい知恵が浮かばないから、

「濡れたでしょう?」と、私は云った。

二人は返事をしなかった。バックミラーをのぞいて見ると、雀の子みたいに二人でくっつき合っている。乗ってはみたものの、だんだん不安になって来たらしい。

昭和通りを右へ折れて、しばらく走って東中野の陸橋まで来たところで、とうとう、

「小父さん、もうこのへんでいいわ。おろしてよ」と云い出した。「おろしてよ、ねえ」

勝手にしやがれと思って、私が車を停めると、二人はホッとしたように、礼も云わず、車から飛び出し、土砂降りの中を一目散に駆け出して行ってしまった。

結局は、余計なことをしたような気がした。人だすけも、相手と場合によりけりで、少なくとも、いいことをしたという気は、全くしなかった。

果して、この話を人にすると、非難ごうごうである。

「君は、君の娘が年ごろになって、誰か分らぬ男から、俄か雨で困っているなら乗れと云

われて、その車に乗っても平気かい？」

「なるほど、そりゃ困る」と私は云った。「しかし僕はそんな……」

「僕はそんなって、君が誰であるか、相手には分りゃしないじゃないか」

それ以来、雨でも嵐でも、私は若い女の人には一層声が掛けにくくなった。


しかし、はげしい夕立は、度々来た。その度に、傘無しで雨やどりをしている人々を見かける。その度に私は気になる。人だすけをしようというより、どちらかというと、自分が気になって困るのである。

その私のおせっかいが、あとにも先にも、最も会心の結果を得たのは、やはりある夏の夕刻、土砂降りの目白の通りを走っていた時であった。

左側の歩道を、ノートを頭にかぶせて、学習院大学の男の学生たちが、三々五々ずぶ濡れになりながら、目白駅の方へ駆けて行く。

私はスピードを落し、車を左へ寄せて、窓をあけ、

「乗りませんか？　三人だけ」と云った。

間髪を容《い》れず、打てば響くように、

「すみません」と、三人の大学生が飛びついて来た。

「ああ、助かった助かった」と、彼らは乗って扉を閉めて、云った。

「目白の駅まででいいんです」

そして一と走り、私が目白駅の表玄関へ車をつけると、大学生たちは、「どうもありがとう」と云って、実にさっぱりした態度で下りて行った。私は嬉しかった。ところが今度は、駅の軒下に黒山のように溜ってタクシーを待っていた雨やどりが、どっと私の車を取り囲んだ。

「護国寺まで行ってくれ」

「練馬《ねりま》々々。練馬行くだろ、オイ」

「俺が先じゃないか。運ちゃん、オイ、椎名町《しいなまち》まで頼むよ」

気の早い中年のおやじが、さっさと一人乗りこんで来た。

「待って下さい。ちょっと待って下さい」と私は狼狽《ろうばい》した。「乗るなら、前の席へ乗って下さい」

「練馬々々」

「護国寺だよ、オイ」

「なぜ、助手席へ乗らなくちゃいけないんだい?」と口々に云う。

「待ってくれったら、待ってくれ。タクシーじゃないんだ」私は云った。

「ああ、なるほど白ナンバーだよ、この車は。これが例の、もぐりのハンカチ・タクシーだよ」と云っている。

「ハンカチ・タクシーじゃない」と、私は大声を出した。

「僕は、十三間道路を通って、中村橋から鷺ノ宮へ帰るんだ。その通り道の人三人だけ乗って下さい」

乗りこんでいた中年の男が、

「なんだ、タクシーじゃないのか？　チェッ、そんなら早くそう云えよ。何だい」と云って下りてしまった。

それでもやっと話が通じて、かわりに通り道の男二人が乗りこんで来た。

そのうち一人を、椎名町で下ろすと、あとの一人の、気の弱そうな若い男の人が、しきりに私にお世辞を云い出した。

「いえ」

「どういたしまして」

「いやいや、何でもないんです」

私はそんなことを云いながら、だんだん少し憂鬱になって来た。

その次ぎは、やはり夕方の土砂降りの俄か雨の日――。

内幸町の近くを走っていると、勤め帰りらしい七、八人の傘無しの男女が、ビルディングの入口の石段の上に、かたまって雨の小やみを待っていた。

私はまた車を停めて、

「市ケ谷見附から、河田町、大久保、小滝橋を通って、阿佐ケ谷六丁目から鷺ノ宮まで帰ります。よろしかったらどうぞお乗り下さい」と声を掛けた。

ところが誰も返事をしない。

イエスもノーも云わず、中の三、四人がにやにや薄笑いを浮かべた。

こういう時、とにかく何とか云ってもらわないと、私の方は引っこみがつかない。にやにや笑っていられるだけでは、ああ、また余計なことをした——、余計なことだけならいいが、自分は何か非常に思い上ったことをしているのではないだろうかというような、まことに妙な気持がして来て、いっそ卑屈な思いになってしまう。

しかしそのうち、くたびれた開襟シャツ姿の、初老の背の低い男が、

「どうだい、東京駅まで行かないか？」と云いかけて来た。

「悪いけど、ハンカチ・タクシーじゃないんで」と、目白でこりたので私は答えた。「今云った通り道の人だけにしてほしいんですが……。市ケ谷から大久保を通って鷺ノ宮までです」

「そんなこと云わずに、東京駅へ行けよ」と男は云った。

「………」

「東京駅へ行った方が、君のその、鷺ノ宮へ行く客が見つかりやすいぜ」

「客って、タクシーじゃないと云ってるでしょう」

「そりゃ分ってるけどさ」と男は強引に云った。どういうつもりなのか、分らない。もっとも、向うも私がどういうつもりか分らないのかも知れなかった。

「東京駅まで行ったらいいじゃないか」

ほかの人々は、相変らず黙ってにやにや事態を見守っている。見世物になっているような気がして来た。

「いやだよ」

私は云って、窓をしめて走り出してしまった。

しかし、そのすぐあと、霞ケ関の手前で私は「客」を見つけることが出来た。

それは若いアベックであった。女持ちの洋傘一本の中に身を寄せて、びしょ濡れになってタクシーをさがしていた。

私が声をかけると、すぐ応じた。しかも男の方は、ためらわずに私の横の席に乗りこんで来た。

「どこへ行くんですか？」と私は訊ねた。

「ワシントン・ハイツへ行くんですけど」と、うしろの席から女の人が答えた。私の横の席の青年は黙っている。

「ワシントン・ハイツ？　ワシントン・ハイツっていうと、原宿の駅の横にあるあれですかね？」

「そうでしょうか？　よく知らないんです」女は答えた。

「タクシーの運転手なら知ってるでしょう。とにかく、タクシーのつかまるところまで走りましょう」

「すみません」

　男は相変らず黙っている。

　うしろの席から女が、

「この人、フィリッピン人なんです。すみません」とまた云った。

　なんだそうか、道理で少し色が黒いと思った。

　フィリッピンの青年は、黙って私にアメリカの煙草の箱をさし出した。

「ノー・サンキュー」と私は云った。

「君は英語を話すのか？」と、フィリッピン人は英語で訊いた。

「少し」と私は答えた。

　青年はフィリッピン海軍の士官であった。二人は横須賀から出て来て、二人とも東京の地理は不案内であるらしい。

　土砂降りの中で、タクシーはなかなか見つからない。

「この四月に、ポルトガル領印度のゴアへ旅行をした時、マニラの空港に下りて、飯を食って、二時間ばかり滞在した。フィリッピン航空のすごく可愛いグラウンド・スチュワーデスがいた。握手をしただけで別れた。残念である」と私が云うと、フィリッピン海軍はにやッと笑って、

「それはよかった。自分の家もマニラにある。今度遊びに来い」と云った。

「こりゃ、タクシーは駄目だよ」と、麴町の通りまで出た時、私は日本語で云った。「そんなに廻り道でもないから、それじゃあ、ワシントン・ハイツまで送りましょう。しかし、たしかに原宿のとこのがワシントン・ハイツだっただろうな？」

「すみません」と女がまた云った。

私は道を変えて、四谷見附から神宮外苑を抜けて、青山の通りへ走ることにした。神宮の表参道を下って、上って、原宿の駅のところからちょっと左へ折れると、もとの代々木の練兵場が、広大な米軍の住宅地になっている。やはりそれが、ワシントン・ハイツであった。

入口には、日本人のガードが、青い服を着て立っていた。パスの無い者は通さない。フィリッピンの海軍士官は、ポケットから定期入れのような物を出して守衛に見せ、守衛の差し出す帳面に鉛筆でサインをした。それが済むと、

「どうぞ」と、日本人のガードが云った。

私はゲートを抜けて、構内へ走り出しかけたが、ちょっと気になったので、ガードに訊

いてみた。

「僕はこの人たちを送ったら、自分だけですぐ出て来るんですが、出る時間題はありませんね?」

「あんた、連れじゃないの?」

守衛は途端にちょっと態度が横柄になった。

「それじゃ、向うのゲートで住所氏名を書いて、証明を貰って入って下さい。そうでないと、一人じゃ出られないよ」

馬鹿々々しい話だと思ったが、そういう規則になっているのだろうから、ガードに文句を云うわけにも行かないし、フィリッピン人に不平を云うわけにも行かない。

私は自動車を廻して、反対側の守衛溜りに着けた。

「住所姓名を書いて、何か証明書を貰うんだそうだけど、書くものを下さい」と云うと、そちら側のガードが出て来て、

「下りて、中へ入って書く」と云った。

雨はまだはげしく降っている。私はドアを開けて、番小屋のような建物へ飛びこんだが、その間に、いい加減濡れた。

ほんとうに馬鹿々々しくなって来た。しかし、どうにも仕方がない。

私はやっと一枚の紙片をもらい、若い二人づれを構内のPXのような建物に送りとどけ、

フィリッピン人が、

「何か飲んで行かないか?」とすすめてくれるのを断り、女の人にもう一度、「すみません」と云われ、そうして紙きれをゲートで示して家へ帰って来たが、やっぱりあまり愉快な気持ではなかった。

そのうち、夕立の多かった暑い長い今年の夏が終った。

傘なしで人が困っているような雨の日は無くなったし、それに少しこりたので、私はその後は見知らぬ人に車をすすめることはしなくなった。

そしてついこの間のことである。

私は秋の小雨の中を、自分のルノーで熱海まで出かけた。

小田原湯河原間の、竣工したばかりの真鶴有料道路を初めて走った。それは実にすばらしい道であったが、神奈川県と静岡県の県境を越して峠にかかると、間もなく工事中の、まるで泥田のような道があらわれる。

道というより全く田圃《たんぼ》のようなもので、泥んこの穴だらけのその田圃の中から、石がごつごつと顔を出している。とてもスピードは出せない。

私は車をいためるのがいやだから、特にゆっくり、ギヤをセカンドに入れて走っていた。

左手はるか下に、美しい相模湾の海が雨にけぶっているけれども、景色どころではない。

道は伊豆山《いずさん》まで、泥田のままの山の中のつづら折りだ。

うしろから、泥だらけのタクシーが追って来る。熱海のタクシーらしく、客を乗せていて、早く私を追い越したいらしい。

自分が前の車を抜きたい時に、前の車が中途半端な走り方をしていて、こちらが追っていることを知っているのかどうか、抜かす意志があるのか無いのか、はっきりしないのは私は非常に気になって腹が立つ。

したがって自分の場合も、いくらうしろの車が追い越したがっていても、それがいやな時は、私は車のからだ全体で追い越しお断りの意志表示をし、時にはひどく意地悪な走り方をするのだが、追い越さす気のある場合は、はっきり左へ寄って、窓を開け、右手を出して振って、抜いてくれということを示すことにしている。これは、ただ左へよけただけでも済むことで、泥田の道で窓を開けて、右手まで振ってみせることもないのだが、そうすることにしているので、熱海のタクシーに抜かせてやろうと、道の曲り具合を見定めて、私は右手で合図をした。

タクシーは、ハンドルをぐいと右に切り、速力を上げて、勢いよく私の車を追い越して行った。

その途端、泥んこの道の茶色いべとべとのハネが、存分に私の車にはねかかって来た。背広の上着の袖も、頸すじも、頬も、ハンドルも、スピード・メーターも、忽《たちま》ち泥だらけになり、車の中で泥のしずくがぽとぽとと垂れた。

「ワッ」と云ったがもう駄目である。車の外側は、無論、塗りかえたように泥色に染まっていた。

私は抜いたタクシーを追いかけて停めて、運転手に文句を云ったが、

「ちっとも気がつきませんでした。それはまことに済みませんでした」と云う運転手をそれ以上どうすることも出来ず、泥の道で追い越しをやらせて泥のハネを浴びるのがいやなら、余計な合図などせずに、窓をしっかり閉めて置けばよかった理窟で、

「いいよいいよ。そんなに気にしてくれなくてもいいよ」と、拍子抜けのことになってしまった。

しかし、鍵穴にまで泥水が入ったので、私の車はいまだに、ドアの鍵をさしこむと、ジャリジャリ砂の音がする。

要するに、あんまり余計なおせっかいは焼くものではないようだ。

ホノルルまで

横浜港岸壁のプレジデント・クリーヴランド号
（右から三人目が著者）

出港三十分前になると、黒人のボーイが、金属製のシロフォンを調子よく叩きながら、「なんとかなんとか、アショア、プリーズ」と云ってデッキを廻り始めた。見送人下船の合図である。

下駄の音などカラコロさせて、日本風俗の見送りの人たちが、潮のひくように岸壁へ去ってしまうと、遊歩甲板の上は、どちらを向いても大きなアメリカ人ばかり、その体臭がむんと匂って来そうな感じで、もう、それはアメリカ合衆国であった。

然るべき地位の軍人が、その船で帰国するらしく、岸には米空軍の軍楽隊が綺麗に整列して、歯切れのいいマーチを奏でている。デッキ・スチュワードが、色とりどりのテープを配って来た。

濃紺の色眼鏡を掛けて、同じ窓からのぞいていた二世風の女の人が、

「風が強いわね」と私に向かって云った。実際、風が強くて、投げられたテープは、船が出るまでに、殆《ほとん》ど切れて、飛んでしまった。千切れた五色のテープが、船べりにまつわりついて、その細い尾を、はげしく振っていた。

オールド・ミスらしい、尻の大きなアメリカ娘が、窓から乗り出すようにして、その尻

を突き出し、

「一緒に行かない？」と岸壁の、誰か見送人に叫んだ。私には、その英語だけが、明瞭に聞きとれた。

銀髪の物静かなアメリカ婦人が、日本語で話しかけて来た。

「奥サマノオ召物、キレイデスネ。デモ、アイニクノオ天気デゴザイマスネ」

「はあ、いいえ」と妻はどぎまぎして答えた。

「ワタクシ、長ク神戸ニ居リマシタ」とその婦人は云った。

午後四時――。

太平洋定期航路のアメリカの客船は、岸を離れ始めた。空軍の軍楽隊が、賑かに、一段と景気をつけ出して、指揮者の腕が、忙しく動いている。

タグ・ボートが離れて、船が自力航走を始めるまで、馴れたもので、早かった。船脚は少しずつ、しかしすぐ加って来て、私たちを見送ってくれていた人々の顔の一つ一つは、群衆の中にまぎれて間もなく見分けがつかなくなり始めた。

海は、冴えない色に濁っている。どんよりと、空も曇っている。昔は「鹿島立《かしまだ》ち」という言葉があった。そういう時代ではないが、それでも私は多少上気していた。

「さて」と、私は自分の興奮を鎮めるように、思った。日本も悪くないが、当分日本を離れるのも悪くはない。「西洋」の中で暮らす第一日が始る。さて何事が起るか、と辺りを見廻すと、あれだけ大勢の日本人の見送人が、一体誰を見送りに来ていたのかと思う程、周囲に日本人の影は全く無かった。

船客は、横浜から乗船した人たちばかりではない。香港やマニラから、すでに長い航海をして来た客もいるし、東洋周航の旅で、サンフランシスコからずっと乗り続けている人もある。その人たちは、船が動き始めると、もう、さっさと船の中の日常の秩序に戻って、スェーターを着てデッキを散歩したり、デッキ・チェアに寝そべって本を読んだりし始めていた。

私は、自分も早くそういう気分になりたいと思った。しかし、「鹿島立ち」的、「一大壮途」的、「外遊」的興奮を避けようと思うことが、やっぱり気張っていることか、気取っていることからしくて、なかなかそうはなれなかった。

友人たちを乗せた港のランチが、追って来ていた。ランチの上の喚声が聞えた。やがて、防波堤の出口の灯台の横を、本船がかなりの速力で静かに通過して行き、ランチが別れの汽笛を鳴らして、大きくしぶきをかぶりながら、転舵して遠ざかって行くと、私の妻は、ハンカチで顔を覆って泣き出した。

曇日の十一月末の横浜港外は、なかなか寒い。家内は泣きやんで、ブルブル震えていた。

一人のアメリカ人の男が近寄って来て、

「とても寒い」と云い、どこまでの旅かとにこやかな笑顔で訊ねた。

「最初、この船でホノルルまで」と私は英語で答えた。

「どこまで?」とアメリカ人は訊き返し、そしてびっくりしたように、

「オオ、ハナルルウ」と笑った。

私はがっかりし、

「部屋へ帰ろう」アメリカ人には、

「失礼します」と英語で云って、遊歩甲板から広間へ入る、大きな重いガラス扉を開け、作法通り妻を先へ通してやって、そこにあるエレベーターのボタンを押した。エレベーターは、階数を示す灯りを明滅させながら、音もなく上って来る。とまると、ひとりでに音を立てて戸をひらいた。外国船らしい、何かの匂いがしていた。私は何となく阿呆らしいような気持で、また作法通り、家内の着物の腕を取って先に乗せ、あとから入って、中のボタンを押した。そしてエレベーターの中間色に塗られた箱の中で二人きりになると、

「あアあ、何だかまるで、演技をしているようだ」と大きな声で日本語で云った。

「演技でも、いい気分がする」と妻は笑った。

「アメリカの兵隊どもは、日本へ来ると皆、男尊女卑の味をおぼえて、スポイルされて帰るそうだが、日本の女も、ちょっと日本を離れると、雌鳥《めんどり》が威張る悪習を身につけるらしい。どうか勘ちがいをしないように頼んまッせ」と云い、通路を通り、一八一号という自分たちの船室に帰ると、ドアを閉めて、

「とにかく、ここからこっちは、アメリカ合衆国の主権が及ばないことにするからね」と云った。

狭い船室であった。清潔な感じだが、上下二段のベッドのすぐ横に、洗面場と鏡とがあって、その前に一人坐ると、もう一人はゆっくり坐る余裕も無い程だ。一等の一番安い船室である。

妻は、鏡に向かって髪を直していた。私はスーツ・ケースを開けてみた。一番上に、自分たちの物ではない一冊の雑誌が入っているのを見つけた。先程まで厄介になっていた東京の家で、彼女が間違えてスーツ・ケースに入れ込んで来たものだ。別に貴重な雑誌ではないが、物事のきちんとしているそこの家では、どうして読みかけの雑誌が消えてしまったか分らずに、気持悪く思っているにちがいない。

その時、部屋の受持の、頭の禿げた小柄な白人のボーイがノックして、入って来た。私は、

「今、何も用はない」と云い、それからアメリカの主権が立ち入らないようにして置いて、妻に叱言を云った末、半分は自分自身の言葉の行きがかりで、東京へ電報を打つことに決めた。

今度は、私の方からボーイを呼んだ。ボーイは、ジョン・ラモネアという、イタリア系らしい名前で、私が、

「ミスター・ラモネア」と云うと、

「どうか、ジョンと呼んでくれ」と云った。

「それでは、ジョン。電報はどこで打つのか？」と、私は訊いたが、甚だ落ちつき具合の悪い、和文英訳の宿題をしているような感じであった。

「パーサーのオフィスへ行って頼みなさい」とジョンは答えた。（妻は、それからホノルルで下船するまで、

「どうも、犬を呼ぶような気がする」と云って、とうとうこのボーイのことを「ジョン」とよう呼ばなかった。）

パーサーの事務室では、ぷっくりふくれた漫画のような顔の事務員が、電報は東京まで一語三十三セント、宛名も語数に勘定すること、日本文で打つなら、三等に日本人二世のパーサーがいるから、そこへ行って頼むようにということを、サーづけで教えてくれた。

大倹約をして電文を拵《こしら》えてみたが、どうしても十一語は要《い》った。三ドル六十三セント。これがドルの使い始めで、日本金に換算して千三百円あまり掛かる。デッキに出ればまだ三浦半島が見えている筈で、見送りに来てくれた友人たちは、まだ京浜線に揺られているかも知れない時刻であった。私はげんなりして、既に日本とは、とんでもない距離が出来てしまったのだと思った。間違って持って来た雑誌は、百何十円かのもので、私はいっそどこかの本屋へ、

「ザッシカウ、トドケロ」と打ちたくなったが、云い出した勢いでやめられなくなり、電報用紙を持って、三等の事務室を訪ねて行った。

船尾のまるい形を、そのまま部屋の形にしたホールのまん中の事務室で、船会社の制服を着、日本人の顔をした三等事務長のカトウ氏は、大勢の三等船客に囲まれて、いろんな相談を受けていた。色の黒い、ずんぐりした、丸首シャツ一枚のフィリッピン人らしい男、草履をはいた、戦争花嫁らしい日本人の女、腕に入れ墨をした赤毛の白人。一等の方とは大分雰囲気が変っていた。

私が用件を日本語で云うと、

「打ったあげるよ。そこへ掛けて、待っとんなさい」と、カトウ事務長は云った。戦争花嫁に何か説明してやりながら、また、

「部屋はどこね？」と訊ねた。私は、一等に乗っていることを、少し遠慮しながら答えた。するとカトウ氏の様子が急に変った。不意に立ち上り、

「一等の人は、一等の事務室へ行って下さい」と、叩きつけるように云った。

二世の或る気持を、初めて垣間見《かいまみ》たような気が、私はした。しかし、広島出身の私は、三等事務長の言葉に、強い広島訛りがあることに気づいていたから、そんなことで何とかして呉《く》れるだろうと思い、

「あっちの事務室で、こちらへ行けと云うものだから」と云って、動かなかった。カトウ

事務長は、それ以上私を追い出すようなことは云わなかったが、無視していた。

暫くして、ほかの人の用事が全部終ったところで、カトウ氏はそれでも、

「どれ？ 見せてみなさい」と云って、私の電報用紙を受け取った。私は、貴方《あなた》も広島のようだが、自分も広島であるということ、一等に乗っているのは、たまたまあてがい扶持《ぶち》で乗っているので、自分は日本の成金の息子などではないということなどを納得して貰えるような会話をした。

「僕は安佐《あさ》郡の伴《とも》よ。中学は広島で行ったよね。神戸へ入港しても、広島へもどる暇はないけん、お父さんとお母さんが、船へ会いに来るよね」とカトウ事務長は云い、それからずっと機嫌がよくなって、精算の関係とか何かで、一等船客の電報は全部一等で扱う筈だが、どうしてこちらへ寄越したんだろうと云って舌打ちをし、

「ついて来なさい」と、私をもう一度、漫画のいる事務室までつれて行って、すっかり英語で用を足してくれ、

「また、何でも相談に乗ったあげます。今度三等で、うどんが出たら呼んだあげる」と云って帰って行った。

横浜出港後初めての、夕食の時刻が来た。私は上着をつけ、ネクタイを正しく結び、家内は藤色のお召《めし》の着つけを注意深く直した。私はまた、妻を先へ先へと立てて、食堂へ下

りて行った。船は、服装その他の礼儀作法がやかましいそうだ。何しろ、平素と大分勝手のちがう態度を取りつくろわねばならぬので、私は表情まで変になり、頬の筋肉の一部が、硬直して来そうな気がしていた。船はまた、階級差がはげしく、特にこの船では、等級の差別が人種の差別になっているような趣もあった。私は船の旅は好きだったが、自費で乗るとしたら、三等の気安さがいいか、一等の清潔さがいいか、どちらだろうなどと思った。

私たち夫婦の食卓には、東洋系の船客が集められていた。一人混っている白人は、出港の時、

「一緒に行かない？」と、窓から乗り出して叫んでいた、尻の大きなアメリカ娘だった。ミス・トオマスと云って、老嬢と云ってもまだ三十にはならないかと見える年恰好であった。顔に小さなそばかすが沢山あった。

皆はそれぞれ自己紹介をした。

眼のまわりの彫りの深いインド人の青年は、ミスター・サンゴイ。デリーの人で、カリフォルニヤの大学へ留学に行く。サンゴイは香港から乗っていて、すっかりもう、退屈しているらしい。同じく香港から乗っているミス・マーガレット・張《チャン》は、香港の中学の先生で、休暇で、籍のある米国ニュー・ジャージー州に帰る。この人こそオールド・ミスで、低い声で話し、いかにも長年地味な教職に在った人らしい、容貌の冴えない、控え目な四十過ぎの女性であった。それから、招かれて、あまり義務のない一年間のアメリカ留学を

しに行く私たち夫婦。もう一人は、デッキで色眼鏡を掛けていた、二世のミセス・ユリ・アン・中原。母親が東京に、父親がロサンゼルスにいて、これも日本の勤め先から休暇を取って、二ヵ月のアメリカ帰りだ。旅が終って日本へ戻ったら、今の主人と別れるのだと云っていた。

「私、小学校五年の子供があるのよ。若くないのよ。見てごらんなさい。白髪がいっぱい」とアン・中原は一寸見《ちょっとみ》に三十そこそこと思えるのだが、自分からさばさばした調子でそう云った。

この組合せが、航海中ずっと一緒のテーブル仲間であった。

雲つくような大男の黒人のボーイが、表情たっぷりに、

「さあ」と云って、愛想よくメモを手に註文を取りに来た。みんなは、表紙に日本娘の顔を色刷りにした、その晩の大きなメニューをひらいて考え込む。

セロリやオリーヴに始って、チーズや菓子や紅茶、コーヒーに終るまで、およそ四十種類ほどの食べ物が、ずらりとフランス語まじりの英語で書き並べてある。どれを幾皿取っても構わないのだ。

豪華に物々しく、例えば、

「鎌倉産食用蛙の脚のムニエール、パリ風ピスタチオの焼物添え」

「富士山の小川の鱒のソテー、ブルンスヴィック風アマンダイン添え」と云う風に書いて

あるのを見ると、ピスタチオとかアマンダインとかいうのはどんな物か分らないし、蟇《がま》の油の効能書を読むような気がして、私は、女の御連中の註文取りが終って黒いボーイが自分の所へ廻って来た時、いい加減に前菜とスープとサーロイン・ステーキとを頼んだ。黒人のボーイは、いちいち、

「かしこまりました」

「ふむ、そいつは素晴しく美味《うま》いですよ」などと愛敬を振り撒きながら、メモを手に引っ込んで行った。

食卓には花が飾ってある。花と一緒に、ガラスの容器に、生のセロリや人参が入れて置いてある。銀色のナイフやフォークやスプーン。一個々々、本船の絵の入った紙に包まれた角砂糖。白布に覆われた大小さまざまの、同じようなテーブルが、幾つも幾つも続いて、既に皿が運ばれて、食べ始めている所もある。見廻してみると、本当の（?）、日本国籍の日本人は、私たち夫婦だけしかいないらしかった。インド人のサンゴイや、アメリカ娘のトオマスが、時々私に、

「どこへ行くのか?」

「何しに行くのか?」などと話しかけて来た。その程度ならいいが、それ以上話がこみいって来ると、私はよく聞き取れなくなるので、隣りのアン・中原とばかり、日本語で話していた。もっとも、トオマス嬢の純アメリカ風の発音と、サンゴイの、巻舌のようにひど

くRの音のひびく英語とは、ずいぶんちがっているようであった。

調理室へのドアは、人でも物でも、何かが赤外線を遮ると、自動的に音を立てて、向う へ開くようになっている。ボーイたちは、配膳盆に沢山物を載せて、つぎつぎにそのドアを通って行った。そのうち私等のテーブルの受持の黒人のラムゼーが、銀色の盆に、一つ一つ銀色の蓋をした皿を山のように積み上げてやって来た。

豪華な、「素晴しく美味《おい》しい」筈のその料理はしかし、どれもこれも不味《まず》かった。私は、ごッつい革のようなサーロイン・ステーキを、すっかり持てあましてしまった。アメリカ流と見えて、酒は船内のバアへ行って飲むことになっているらしくて、シャンパンを注文する以外は、食卓では酒は出さない。私が少々仏頂面をしていると、

「美味しいのに、どうして食べないのか？　西洋料理は嫌いなのか？」と、ミス・トオマスが訊いた。

「西洋料理は大好きだ」と私は答えた。

「それでは食べなさい。ほんとに美味しいから。……それとも船酔いで気分が悪いか？」

と、またミス・トオマスは云った。

「少し気分が悪いような所もあるが、多分船酔いのせいではないだろう。駆逐艦が煙突から波をかぶって難航した時化《しけ》の日に、自分は友達の食事まで平らげた経験がある。船には強い」

「どこの国の駆逐艦か？」

「大日本帝国海軍の駆逐艦である」そう云ってから私は、下手な英語であんまりこういう国威宣揚はしない方がいいだろうナ、と思った。

「それは、西洋食であったか日本食であったか？」と、ミス・トオマスは、しつこかった。

「日本食だった」

「やっぱり貴方は」と、彼女は得心の行った笑顔を見せて、「西洋料理が嫌いなんだ」と云った。

アイスクリームとコーヒーを済ませてから、みんなでデッキを散歩した。船は少し揺れ始めていた。快い波の音のしている暗い海の向うに、外房州あたりの貧しげな灯火が光っているのが分ったが、間もなく日本は見えなくなるらしかった。

八時半から広間で、「マイ・シスター・アイリーン」という天然色映画が始ったが、筋がよく分らないので、それでも見ていたいという家内を残して、私は一八一号室の、狭い日本帝国へ引きあげ、ドアを閉めてやっとホッとした。

一夜あけると、船は太平洋の真っ只中を東へ東へと走っていた。島の影も漁船の影も全く無く、ボート・デッキに立って眺めると、船を中心にして、ぐるりと、まるい広大な水平線があるだけであった。空はやはり曇ったままで、海はやや荒れている。

阿呆鳥《あほうどり》であろうか、褐色の、大きな、かもめに似た海鳥が十数羽、横浜を出て間もなくから、まだ船を追って来ていた。船尾につづく、泡立つ航跡の上を悠々と舞いながら、疲れると海に降りて、波に揺られつつ翼を休めている。そして又、舞い立って船を追って来た。どこまで随《つ》いて来るつもりか、私は不思議な気がした。(この十数羽の鳥は、結局ホノルルまでついて来た。)

私は、船の中で、必要な英文の本や、日本出発前に忙しくて読み残した本を、ゆっくり読むつもりで、デッキ・チェアも取って置いたが、救命具をつける退避訓練があったり、木馬レースの競馬があったり、映画や船長のカクテル・パーティや、ビンゴ・ゲームがあったり、そしてそれは、どれもこれも一応物珍しいので、なかなか落ちついてはいられなかった。

同船の客たちの顔や性質が、少しずつ見分けがついて来た。私が「ラジオ」と綽名をつけた、六十くらいの独り旅のアメリカ人の婆さんは、相手構わず人をつかまえては、しゃべりまくって歩いていた。ボビイという三つになる可愛い男の児をつれたアメリカの将校の奥さんは、此《こ》の婆さんとデッキ・チェアが隣りで、いつも相手をさせられては、

「アア」とか、

「ジー」とか相槌《あいづち》を打ちながら、閉口し切ったような顔をしていた。

アイゼンハウアーによく似た顔の紳士は、ホノルルまで乗り込んでいるアメリカの移民官であった。シナ服を着た母親と、若い弟とを連れた、Y・Y・陳という色っぽい中年の

中国夫人もいた。田代さんという年寄ったハワイの一世の夫婦がいることにも、私は気づいたが、この夫婦は、食堂にも社交的な集まりにも、映画にも、一切出て来なかった。

私の妻は、船客用の大きな便利な電気洗濯機にすっかり感激して、始終洗濯場へもぐり込んでいた。普通日本の家庭にあるものとちがって、自動的に洗って、ゆすいで、ドライヤーにかけて、短時間でホカホカの焼き立ての饅頭のように仕上げてくれるのである。洗濯場をのぞいて、私はラジオ婆さんにつかまった。

「あんたは、奥さんのために洗濯をしてやらないのか?」と、お婆さんは云った。「私の亡くなった主人はよく、こう云ったものよ。『ハニー、全部置いときなさい。わしがすっかりして置いてあげる』とね。あんたが洗濯をしなくちゃいけないのよ」

「日本では、亭主が洗濯をする習慣がないんです」と、私は云った。

「驚いた。それはいけない。それは、非常に悪いことだ。よき習慣を身につけなくてはいけない」と、ラジオ婆さんは、気絶しそうな恰好をして見せた。

私はそこに二人並んでいる老婆と妻とに、表面ニコニコした笑顔を見せながら、

「――この糞婆アめ。――おい、とにかく、もうその洗濯やめて出て来いよ。アン・中原が遊ぼうと云っている」と、日本語で云った。

天候は回復しなかったが、平穏な航海が続いた。

私は、食事だけが閉口であった。そのうち、ミス・トオマスが云った通り、「西洋料理が嫌いなんだ」ということになりそうであった。私は、餞別に貰った茄子《なす》の辛子漬や、「えびすめ」や、海苔の佃煮を食堂に持ち込み始めた。メニューの「野菜」という欄にある「ライス」を註文すると、洋銀の小皿に盛ったポロポロの白米飯を持って来てくれる。それから「前菜」の欄の「ジャパニーズ・コンディメント」(日本の薬味類)というのを求めると、梅干や福神漬の盛合せがあらわれる。私は、肉や鶏やハムも食ったが、その後味の悪さを、こういう物と、持ち込みのビン詰類でごまかしていた。

ビン詰を、同じテーブルのみんなにもすすめてみる。サンゴイ青年は、茄子の辛子漬が気に入って、よく食べた。アン・中原は、無論日本の食い物は大好きだし、ミス・マーガレット・張《チャン》も、興味を示して、「えびすめ」を一枚口に入れて、慎重に味わってみせたりしたが、トオマス嬢だけは、常に、

「ノー」と云って辞退した。そして、あてつけのように、

「フウム、グウディ」とか、

「ワンダフル」とか云って、不味い冷凍肉の料理に、旺盛な食欲を示していた。

それに反し、マーガレット・張は、食事について一切批評をせず、極《ご》く少しの皿数だけ註文し、そしてそれを、いつも綺麗に片づけた。マーガレット・張が、

「わたしは、香港の、食べる事が出来ない難民の子供たちを大勢、毎日見ているから、食

事の無駄をしたくない」と云っていたということを、アン・中原から聞かされて、文句を云いながら、あれこれ面白半分に註文している私は、ちょっと鼻面を叩かれたような気持がした。

横浜出港後六日目に、日附変更線を東へ越すと、同じ日がもう一度来る。メリディアン・デーというその二度目の十二月二日の晩、食後のアイスクリームを食べている時、黒人ボーイのラムゼーが来て話しかけるのに答えながら、私は自分の撮った写真をあとでラムゼーに送ってやろうと思って、ボーイのサンフランシスコの住所を訊ね、ついでに齢をきいた。すると、ミス・トオマスが、すかさず、

「アメリカ合衆国では、それは絶対にきいてはいけないことだ。わたしは、日本で上陸中、何度も齢をきかれて、大変いやな思いをした」と抗議を申し入れた。

私は、「しまった」と思い、「しかし、男の齢もきいてはいけなかったのかナ?」と、大急ぎで、頭の中の「外国旅行べからず集」を探してみたが、よく分らないので、

「そうか。それは風習のちがいだ。よく憶えて置くことにする」と答えた。

食後、サンゴイが私を散歩にさそった。私はサンゴイと組み、妻はアン・中原と組んで、前後しながら四人は、遊歩甲板を行ったり来たり歩き廻った。夜風が大分暖かくなって、明朝からは、十二月というのにプールが開かれる筈であった。

「君はアメリカ人をどう思うか?」とサンゴイが訊ねた。私は、サンゴイが何故そんなこ

とを訊くのか、よく判断がつかなかったので、

「彼らの、率直な明るい所は好きだ。しかし」と答えた。「僕たちは、西洋へ旅行するについては、出来るだけ西洋の風俗習慣を尊重して、それに従うように努力している。ところが、例えば日本へ来ているアメリカ人たちを見ていると、――日本には『郷に入っては郷に従え』という諺があるが――、彼らの大部分は、日本の習俗に従って行くという気がないばかりでなく、むしろ逆に、彼らの風習を日本人に押しつけようという気配が見える。日本人が何度も頭を下げてお辞儀をするのが奇妙な気味の悪い風俗だというなら、抱き合って頰ッぺたを舐《な》めるのも、奇妙な気味の悪い風俗ではないか。単なる風習の相違を、彼らは価値の相違と考える傾きがある。そういう思い上った自信の強さは、僕は嫌いだ」と、それをたどたどしい英語で云った。

サンゴイは急に、デッキの上で跳び上った。

「然《しか》り然り」とインド人は云った。それからサンゴイは、私が面食らうような「反米思想」を披瀝し出した。

サンゴイは、日本人が平気でアメリカに軍事基地を貸していることを不思議がり、インドには現在、外国の基地は一つも無いことを云い、自分の弟はインド空軍のパイロットであると自慢し、ネールを讃美し、毛沢東や周恩来に好意を示した。それから、真の友情は東洋にしか無い、アメリカ人の友情は、全部金で買えるものだ、自分はアメリカ人が大嫌

いだと云った。ホノルル入港の前の晩に催されるタレント・ショウでは、出演して、船長を始め、アメリカ人高級船員全部の悪口を、ヒンズー語で演説してみせるから、何にも分らずに皆が拍手をする所を見ていろと云った。

私は返答に窮したが、サンゴイは、私がミス・トオマスとうまく行っていないのを見ていて、自分の鬱憤を吐き出す相手と糸口とを見つけたらしかった。

部屋へ帰ると、それまで中国人だと思っていた若い無表情な風呂番のボーイが、初めて日本語で、

「オフロ」と云いに来た。

「君は日本人なの?」と、私が訊ねると、ボーイは、

「チョーセン」と相変らず無表情に答えた。

気温が上って来ているので、締め切ったバス・ルームで、熱い湯に入ると、私は拭いても拭いても汗が出て困った。元通り洋服を着る気がしないので、バス・ルームの扉を細目に開けて様子をうかがい、パンツにシャツ一枚の恰好で、洋服を全部かかえて、靴をつっかけ、通路を斜めに横切って、大急ぎで部屋へ走り込んだ。

船室では、アン・中原が遊びに来て、チョコレートを食べながら妻と話し込んでいる所だった。私は、

「あッ」と云ったが、アンは、

「いいわよいいわよ。暑いんでしょう。そのままでいなさいよ」と笑っていた。(それからずっと後になって、私はアン・中原のような二世は、二世としてはよっぽど日本風な女性であることに気がついた。)

「サンゴイがねえ、気味が悪いのよ。わたしにつきまとって仕方がない」とアン・中原は云った。「あの人、よっぽどアメリカが嫌いらしいわね」

「そうらしい」私はズボンだけ穿《は》きながら答えた。

「インドほどいい国はない、インドへ帰りたい、自分は、アメリカもアメリカ人も皆嫌いだって云うのよ。そんなら来なけりゃいいじゃないのねえ。自分が毎晩部屋ですすり泣きしているのを誰も知らないだろう、自分の気持を分ってくれって、わたしのお尻ばっかり追いかけて来るから、気味が悪い」

「僕たちも同じようなものだけど、アメリカへ着く前から、もう、ホーム・シックですよ。可哀そうに、可愛がってやればいいじゃないですか」と私がからかうと、

「いやよ。わたしはこれから、アメリカの金持の爺ちゃん一人つかまえなくちゃならないんだから」とアンは云った。

プールが開かれるのと同時に、空が晴れ上って、早くもハワイを思わせる烈しい太陽が照り出した。

まぶしい濃紺の大きなうねりと、船客たちの色とりどりの水着と、デッキ・チェアや、

プールのタイル、船体の真ッ白なペンキの色との取り合せが、美しかった。私は、午前中、盥《たらい》を傾けたように揺れ動く、緑色のあたたかい海水の中で泳いだ。

ホノルル入港の前々日で、その晩は「アロハ・ディナー」の催しと、船内新聞に出ていた。「アロハ・ディナー」というのは、そろそろ暑くなったから、みんなアロハ・シャツでくつろいで食事にいらっしゃいという意味だろうと、私は解釈した。汗かきの私は、それは結構なことだと、アロハ・シャツは持っていなかったが、ワイシャツ姿でその晩食堂へ下りて行ってテーブルに着くと、ラムゼーが寄って来て、私に小声で耳うちをする。

「え？」と聞き返す、とラムゼーは真剣な顔をして、

「どうか上着をつけて来て欲しい」と云っていた。

驚いて見廻すと、男も女も、あたりは平素以上の正装である。「アロハ・ディナー」というのは、ホノルル下船客のための「お別れ晩餐会」で、アロハはアロハ・シャツのアロハではなくて、サヨナラの意味のアロハだということが、やっと分った。

あわてて私が部屋へ帰り、上着をつけて戻って来てみると、食堂の中は、五色の風船が上り、みんな紙で作った三角帽子をかぶり、「ギイギイ」とか「カンカン」とかいう音を立てるブリキのおもちゃを振り廻して、さながら東京のクリスマス・イヴの騒ぎが始っていた。ちがうのは、酒が一滴も出ない点だけだ。私は東京のクリスマス騒ぎも嫌いであったが、酒も飲まずにのこのお祭り騒動は、一層苦手の思いがした。渋々、前に置かれたピ

カピカ光る紙帽子をかぶって見たが、すぐ馬鹿々々しくなって、脱いでテーブルの上へ置いてしまった。

私らの隣りのテーブルには、福建省で長い間宣教師をしていて、今度アメリカへ引揚げるという三人の神父たちが坐っているが、その人たちは流石《さすが》に、帽子もかぶらず、音立ておもちゃも振り廻していない。船の士官たちの中にも、毎度馬鹿々々しいという風で、帽子を無視しているのがいる。構わないだろうと思っていると、

「ミスター・――、帽子はどうしたのか?」と、ミス・トオマスが切口上で問いかけて来た。

「酒を飲まずに、こんな帽子をかぶって騒ぐのは、自分は好きでない」と私は、ぎごちなく返事をした。

「いいえ。かぶらなくてはいけない」とトオマス嬢は云った。

「それでは、隣りを見てごらんなさい。帽子をかぶらない人は他にもいるではないか」

「他にはいても、このテーブルでは、帽子をかぶらずに食事をすることは、許されない」

とミス・トオマスは云った。

私はカッと腹が立って来た。

「よろしい。それでは私は、今夜はここで食事をしない」そう云って立ち上り、訪問着の上に三角帽子をのっけている妻をにらみつけて、私は一人で食堂を出た。

部屋へ帰って、自分の怒った顔を鏡に映し、無意味にネクタイを締め直しながら、「さて、どうするか。飯を食わないのは損だ。ジョンを呼んで、部屋へ食事を持って来させてやろうか」そう思っていると、ノックの音がして、サンゴイが入って来た。

「来なさい。食堂へ来なさい。みんな心配してる」

「いやだ」と、私は駄々ッ児のように答えた。

「ユー・アール・マイ・エルダー・ブラッザー」と、サンゴイはRのひびく巻舌で云った。「自分もミス・トオマスは嫌いだ。しかし彼女は心配して、自分も食事をしないと云い出している。ほって置いたら泣き出すかも知れない。来なくてはいけない」

「帽子をかぶらされるから、いやだ」

「帽子はかぶらなくていい。とにかく来なくてはいけない」

「それでも、照れ臭いから、もういやだ」と私は云おうと思ったが、「照れ臭い」という言葉が出ないので、また、

「いやだ」と云った。

サンゴイは、私の肩を叩き、「自分に委《まか》せてくれ」という意味か、「自分に免じて」というつもりか、自身の胸を叩いて見せ、

「来なさい」と繰り返した。

結局、帽子だけは絶対にかぶらないという条件で、私はサンゴイについて、その晩これ

が三度目の食堂へ下りて行った。

隣りの神父たちが、びっくりしたような顔をして私の入って来るのを見ていた。私は、ほんとうに照れ臭い思いがしたが、それを隠すように、

「お前も出て来ればいいじゃないか」と妻に云った。

「困るじゃありませんか」妻はテーブルの下で私の足を蹴った。「神父さんたちは心配するし、ミス・トオマスは、『冗談で云ったのに、彼は本気で怒ったのか、怒ったのか？』って訊くし」と小声で日本語で云った。

「冗談で云ったなんて、狡《ずる》いも甚しい。何が冗談なものか」と、私は小声で答えて、わざとらしく、邪険に三角帽子を横へ押しやった。

「ギイギイ、カンカン」とやかましい音がして、広い食堂の中は、酒無しの饗宴の真ッ最中であったが、私たちのテーブルはすっかり白けてしまっていた。

ミス・トオマスは黙っていた。マーガレット・張は、その地味な中国服におよそ不似合なピカピカの紙帽子をかぶって、うつむいてスープを啜っていた。アン・中原だけが、「しょうがない男ねえ」というように、薄笑いを泛《うか》べて、一人で音立ておもちゃを振り廻していた。不味い食事は、一層不味かった。

青い風船が一つ、どこかから舞い下りて来て、調理室の方へ迷って行った。赤外線装置のドアは、風船を通してやるために、ひとりで音をたてて開いた。

その晩、三等パーサーのカトウ氏が、私の船室に遊びに来た。カトウ氏は、うどんに呼ぶのを忘れていて悪かったと云い、それからウイスキーを飲んで、長い間話しこんで行った。

「僕らのした苦労を、日本の人は、誰も知らんよ」とカトウ氏は云った。「日本へ行けば、移民の子、云うて馬鹿にされるし、アメリカでは、白人に虐《しいた》げられて虐げられて、そのためには泣くような思いもしたよね。劣等感から、ひねくれて、白人と喧嘩もしたよね。まあ、アメリカへ行ったら、よう、それを見て来なさい。今では皆、安楽に暮らすようになっとるがね」

私は、自分がミス・トオマスと喧嘩をしたのも、やはり一種劣等感のなせる業《わざ》だったろうかと、思い返してみた。

翌朝、しかし、ミス・トオマスはデッキで行きあうと、

「お早う」と、自分の方から挨拶をした。

「今日もプールで泳ぐ？」

「お早う。今日はプールで泳がない」と私は答えた。私は、毛の水泳パンツを、妻にドライヤーで、赤ん坊のパンツのように縮まされて、泳ごうにも泳げなくなっていた。

その晩のタレント・ショウで、サンゴイのヒンズー語の演説が終る頃には、船は既に、

バーズ・アイランドを過ぎて、夜半一時に、左舷に近く、ニイハウ島かカワイ島か、ハワイ諸島の一つの美しい灯が見えた。三等ラウンジで、十セント入れると勝手に鳴り出すジュークボックスをかけて、一人の黒人船客が、ジャズに合せ、蓄音器を舐めるような恰好でかがみ込み、はげしく自分の尻を叩いて狂ったように踊っていた。

朝七時には、ホノルルが眼の前に見えて来た。検疫官が乗り込んで来る。デッキで、簡易朝食のコーヒーとロール・パンを食べていると、ミス・トオマスが、少し離れた所から、小声で、また、

「さよなら」と声をかけた。

「さよなら」と私も答えた。そして私は、この急にしおらしくなった器量のよくないアメリカ娘は、実は、私が内心想像していたように、

「生意気なジャップをたしなめてやろう」という程の考えを持っていたわけではなく、ただ、或る種の白人の持ち前の、自信の強いお節介な性質を少し露骨に発揮し過ぎただけで、それが気不味い結果になったのにすっかり悄《しょ》げて、今は心を傷けられた思いでいるのかも知れないと思った。

それはもっとも、あたっていないとすれば、船旅の終りの甘い空想に過ぎないことになるが、あたっているとすれば――サンゴイも自分も、これからアメリカで、時々そういう、人種問題にからんだ独り相撲をとることは、ありそうなことだという気がした。

船はホノルル港の八番岸壁に静かに近づいて行った。椰子《やし》の木が見え、沢山の自動車が、なめらかに、滑るように走っているのが見えて来た。

船客たちが、しきりに銀貨を海に投げていた。褐色の皮膚をしたハワイ人たちが何人も、海豚《いるか》のように潜って、キラキラ沈んで行く銀色の貨幣を水中でつかみ、口にくわえては浮き上って来た。しかし、真似をして金を投げてみる気は、私はしなかった。

岸から楽隊の奏楽が起った。白服の楽士たちの中央に、赤いハワイの服を着、花のレイを首に掛けた大柄なハワイ人の女が立って、「アロハ・オエ」を唱い出すところであった。

アメリカ大陸を自動車で横断する

オハイオ州の高速自動車専用道路入口（立っているのが著者）

南カリフォルニヤの東部からネヴァダ州へかけては一面の不毛の土地である。夏は車の窓から熱風が吹きこみ、足もとの洗面器に氷片を沢山入れて足を冷やしながらでないと、ブレーキもアクセレーターも踏んでいられないような灼熱の地だ。セージブラッシという雑草と仙人掌《サボテン》とが、ぽそぽそと生えているばかりのその沙漠《さばく》の中を、こちらの山の上から、見はるかす限りの彼方《かなた》の山の上まで、只一直線に一本の街道が走っている。味も素ッ気も薬にしたくも無いような、まことに荒々漠々たる風景で、一草一木に歴史があり、味わいがあり、人の情念が染みついているような日本やヨーロッパの国々の景色とは、およそかけはなれている。スピード感覚は麻痺《まひ》する。飛行機の上から見る下界の風景は、ゆっくり動いていて誰も「速い」という実感を持たないが、それと同様、景色が一向移らないから、落してゆっくり走っているつもりで速度計を見ると七十マイルくらい出ているということになる。七十マイルは時速約百十キロで、これだけ出ていると、ひとの車に接触したら大体生命は無い。橋の欄干の裾に触れてもいけない。片車輪ペーヴメントから外れて砂利道へ突っ込んでも、途端に車がキリキリ舞いをするから、やはり生命が危いと云われている。追越しその他のためには、一マイル先の豆粒のような車をチェックして、眼も手も足も構えていなくてはいけない。一マイル先の車とは、二十数秒ですれちがうからである。――如何にも緊迫し切った運転のようだが、実はそれほどではないので、そんな危険な速力が出ているという「実感」の方がさっぱり無いから、存外と気分はのんびりしたものだ。

……私はこの沙漠の中の道で、アメリカの警察の車に追いかけられた。

ロサンゼルスからネヴァダ州のラス・ヴェガスへ通じる道はこの沙漠の中で州境を越す。各州の境には「ウェルカム・トゥー・ネヴァダ」とか「ウェルカム・トゥー・アリゾナ」とかいう大きな看板が出ていて、それにその州を特徴づけるような唱い文句が書いてある。ネヴァダのそれは「無限のレクリエーション」――。博打がレクリエーションかどうかは分らないが、ラス・ヴェガスやリノの軒並みの賭博場は夜もなく昼もなく、日曜祭日も無く、二十四時間三百六十五日ぶっ続けの営業だから、まあ看板に偽りはない。ところで、州が変ると道路標識や交通規則がすこし変化する。この大看板を見てネヴァダへ入ると、カリフォルニヤ州では無かった黄色の線が時々道の上にあらわれて来るようになる。これが自分の走っているがわにあれば、追越し禁止のしるしだ。

私の前を小さなスポーツカーのエム・ジーがのろのろと走っていた。沙漠のはずれの、木立ちと数軒の家のある小さい村落の手前であった。私のがわに黄色い線が出て来る。しかし他州から入ると、新しく出て来たこの黄色に、錯覚をおこしたり戸惑ったりするものだ。スポーツカーは邪魔になって仕方がない。向うから来る車は無い――らしい。あやふやな気持で私が左へ切って追越しにかかり、私の車が先のエム・ジーと並行しかかった時、前方の道ばたの木のかげに、黒塗りのオールズモビールが猟犬のように待機しているのが見えた。これはいけない。アメリカ語の俗語で巡査のことを「カップ」というが、これは「ひそみカップ」と称して、私たちが最も嫌っていた交通違反摘発専門の、日本の白バイと同じ奴である。あわてて私は右へ戻り、エム・ジーのうしろへ入り恭順の意を表してスピードを落した。しかし本当はネヴァダ州ではスピードを落しても意味はないのである。速度の最高制限は各州によって異り、マサチューセッツ州の時速四十マイルを最低として、カリフォルニヤは五十五、インディアナは六十五という風に定めがあるが、ネヴァダは荒い州で、イリノイやテネシーと同じく、制限がない。つまり百で走っても百二十マイルで走ってもスピードのことは規則にふれないのである。しかしともかくスピードを落して、バック・ミラーをちらりちらり眺めながら走っていると、黒塗りの車は、やおら木かげを出て街道へ入って来、赤い燈をパッチ、パッチと点滅させながら、例のヒュウーッというサイレンを鳴らして私を追いにかかった。ここで私が時速百二十マイルくらいで逃げ出せば活劇になるが、そんなことはしても無駄だ。観念し、右へ寄せて停車した。警官の車はすぐ追いついて来て、私の前へ出、パークして、年輩のふとったのが一人下りて来、「おいこら、何だ、君は？」と来た。追越禁止の所で何故追越しをやりかけたかという訳である。

「カリフォルニヤから入ってすぐで、判断を間違えた」と私が答えると、

「弁解すると監獄へぶち込むぞ」と云う。

大体アメリカの警官は態度が鄭重で、

「御承知と思いますが、ここはハイウェイですから」という調子で「サー」づけで調べると聞いていたから、私は頗《すこぶ》る気色を損じ、それに不自由な英語であれこれ云う必要もあるまいと思い、黙っていた。この時私たちは一行六人、前の席に男が三人、うしろの席に女が三人、皆日本人である。私の横の男二人は、前に同じような経験をして、助太刀《すけだち》に口を出したら「君に話してるんじゃない、黙ってろ」とひどくやられたことがある由で、これも沈黙している。うしろの女連中だけがやきもきして、

「早くあやまってしまいなさいよ、早く、さあ」としきりに日本語で云い立てるので、甚だぴったりしないような、間の抜けたような具合であったが、暫くして私は、

「アイ・アム・ソリー」と云った。警官はいろいろと云う。半分くらい分らないが、何しろ二た言目には「監獄々々《ジェール・ジェール》」と云っておどかしている。私はアメリカの留置場を一晩ぐらい経験しておくのも必ずしもいやというわけではないのだが、この日はちょっと場合が悪かった。留置場へ入ると、アメリカで私の身許を引受けてくれているニューヨークのロックフェラー財団に通知が行くだろう。通知が行っても構わないが、この日私たちは、ラス・ヴェガスの賭博場一見（一戦？）に出かける道で、ラス・ヴェガスへ行く途中で交通

違反をやって豚箱へ入ったというのはあまり具合がよくない。女連中はさらに、「『サー』をつけてあやまらなくちゃ駄目よ。早くもう一遍あやまんなさいよ」と云う。私はそれで「アイ・アム・ソリー・サー」とまた云った。巡査はとにかく運転免許を見せろと云う。アメリカの運転免許証は、定期券のような薄い小さな一枚の紙で、写真も貼ってない簡単なものだ。巡査はそれからこちらの車の窓にもたれて、黙って長い間それを眺めていた。あとで聞いた話では、こういう時には、こころみに五ドル紙幣を一枚、ヒラヒラと風に散らせて見るものだそうである。巡査が拾ってくれたら大体成功というわけだそうである。気の利いた(?)巡査は、ドアを開けて隣の席へ、ぴたりと身体を寄せて乗り込んで来るのもあるそうだ。この時はしかしそういう才覚が無かったから、向うが黙って考えている間、こちらも黙って、長い睨み合いのかたちであったが、漸《ようや》く彼が口をひらいて云うことは、厳重訓戒らしきもので、結局、

「本来なら監獄《ジェール》行きだが、特に今回は許してやる。以後気をつけろ」ということで、無罪放免になった。

急に陽気になった私たちは、それからわあわあ喋りながら走り出したが、女連れの一人が、

「ああいう時は、一度許して置いて、うしろからつけて来ることがあるから、注意しなくちゃ駄目よ」とたびたび云う。「大丈夫々々々」というわけで、ものの二十分も走って、

私は今度は、違反ではないが、違反スレスレの追越しをやった。そしてふとバック・ミラーを見ると、黒いパトロール・カーがおっかけて来ていた。ひやりとし、私は今度こそは完全にやられたかも知れないと思い、瞬間的にアメリカの監獄《ジェール》ではどんな飯を食わすんだろうか等と思った。しかしその車は、さきの巡査の車とは別物で、何事か急いでいるらしく、間もなく音もなく私たちを追い抜いて行ってしまい、遂に私はアメリカの留置場生活を体験せずに終ったのである。

日本の留学生たちは罰金を納めに行く役所のことを洒落《しゃれ》て「バッキンガム」と称している。私は運よく一度も厄介にならなかったので知らないが、バッキンガムへ行くと、無駄な説諭なぞは一切無く、事務的にさっさと金を受け取って、愛想よく、「サンキュー。カム・アゲイン」というそうだ。私がネヴァダでひっかかった場合のように「監獄々々《ジェール・ジェール》」といって無闇におどすのは、初めから許してくれる下心がある場合だという説も、のちに聞かされた。

街道に沿う小さい町などではしかし、このバッキンガムの罰金が町の重要財源になっていて、鵜《う》の目鷹の目で交通違反を摘発し、通行人から少しでも余計に罰金を取り立てようという雲助的性格の所がちょいちょいある。サンフランシスコの南七十マイルほどのモーガン・ヒルという町などがその好例で、必ずどこかの家のかげに「ひそみカップ」の車がいて、五マイル超過のスピード違反でも許さず、サイレンを鳴らして追いかけて来る。だからこの町へ近づくとみんな戦々兢々《きょうきょう》、町の中の制限時速をこれ遵守して、牛歩のごとき運転になるが、事情を知らない他所者《よそもの》がいて、「何をみんなのろのろしてるんだ」とばかり気楽に飛ばして、町はずれで追いつかれ、罰金のチケットをもらっている風景がいつも見うけられた。サンフランシスコから南へ、サン・ノゼ、ギルロイ、サリナス、モントレーあたりの住人は大抵みな恨み骨髄で、モーガン・ヒルの町では絶対にガソリンは買ってやらないことにしている。

一般に云って事故の原因は、スピードの出し過ぎ、無理な追越し、酔っ払い運転、居睡り運転、これらは日本でも同じことだが、その他にアメリカでは黒人の車とティーンエージャー——殊に女づれのティーンエージャーの車にはよっぽど気をつけないといけないのだそうである。一説によると、黒人は平素の劣等感からとかく白人の車を無理にも抜きたがる傾向があり、抜かれた白人は又「何を生意気な」というので抜き返し、それで始終事故が起っているという。とにかく黒人の運転が概して乱暴なのは事実のようであった。若い二人づれの車もたしかにこわい。見ていると五秒置きぐらいに顔を寄せ合ってキッスをしては走っているのがいる。妙な姿勢になって、どうもキスよりもう少し濃厚な場面を二人で展開している模様で、それで七十五マイルぐらいで飛ばしているのにも出くわした。こういう車には近寄らない方が賢明である。

西部を去ってからは、私は自分の車でアメリカの中央部を、ネヴァダ、アリゾナ、ユタ、コロラド、ネブラスカ、アイオワ、イリノイ、インディアナ、オハイオ、ペンシルヴァニア、メリーランドの順でワシントンまで横断し、その途中、「神様、あのときはお蔭で助かりました」とでも云いたいようなことは、幾度か経験したが、結局合計一万二、三千マイル、幸いに（文字通り幸いに）一回の事故も起さず、罰金も納めず半年過ごし、ワシントンでめでたく、世話になった49年のフォードを手ばなした。よく走ってくれたこのボロ車を売るときには、犬でも手ばなすような、車が可哀そうなような愛惜の情をおぼえた。オハイオ、ペンシルヴァニアは、ターン・パイクと称する高速有料道路を走るので、ほとんど危なげはなかった。二百マイルくらいの間、交通信号もなく、町もなく、平面交叉する道もなく、無論通行人もない道で、入口のゲートで、タイムレコーダーで時刻を記入したカードをもらい、出口のゲートでそれを示して料金を払う。走行時間が早過ぎると、呼びとめられて罰金を取られる。今建設中の名神高速自動車道は、アメリカのこういうターン・パイクと同じものである。

ところで私は、いわゆる事故こそ起さなかったが、横断旅行の途次、シカゴで、車のなかの物をごっそり盗まれるという珍しい経験をした。

映画で馴染みの銀行ギャングは下火になったということだが、それでもシカゴでは、地下鉄で婦人がドアのそばにハンドバッグを提げて立っているのは危険だと云われている。

エンジン・ドアがしまる瞬間に、素早くフォームから掻っ払うのがいるからだそうだ。また、シカゴの町のなかを車で走るときには、夏でもガラス窓をよくしめて、ドアは鍵をかけておいた方がいいそうである。赤信号で十字路にとまったとき、並んでとまった車のなかから、こちらのドアに手をのばし、ピストルを突きつけて、信号が青に変るまでの間に一仕事するのがいるからだそうだ。こういう話をたくさん聞かされていながら、シカゴを立つ日、荷物を満載して、マックスウェル・マーケットという泥棒市場の見学に立寄ったのは、はなはだ迂闊《うかつ》であった。

中谷宇吉郎博士のあとへ、同じ低温科学の研究者として来ている若い学者のHさんから、「シカゴの黒人街の泥棒市場は、一見の価値があるそうですよ」と云われていたのを憶い出し、出発の日、また来る機会もあるまいと、ついふらふらと寄ってみる気になった。多少気にはなったが、黒人街の真ん中とはいえ、人通りは多いし、大丈夫だろうと思って、四つのドアを厳重にロックし、十五分ばかり自動車のそばをはなれた。

泥棒市場だけに、そこは、毛皮のオーヴァ、靴下、鞄類、何んでも安い。何も買わなかったが一通りぶらぶら見て廻って、写真を一枚とって、駐車してあったところへ戻り、エンジンをかけようと思ったら、前の席の横の三角窓がこわされていた。はじめ私は、子供がいたずらをしたのだと思ったが、後の席を振返ってみたら、スーツ・ケースが二つ消えていた。すぐ、近くの黒人の仕立屋にとび込み、電話を借りて警察を呼び、それから、

「一体何が入れてあった？」ということになり、「パスポートが入ってた」「日記、手紙類全部」「時計、万年筆、傘、三脚もない」「ああ、それから私の洋服が全部」と、家内は泣き出した。泥棒氏は、前の三角窓をハンマアか何かで叩きこわし、そこから手を差し込んで、ドアの鍵を抜いたのである。

シカゴ滞在中世話になっていた米人の、ノースウェスタン大学の法律の教授にも電話をしたので、この人の方が、警察より早く、タクシーでかけつけてくれた。すぐ来る筈の警官は、三十分待っても来ない。パトロール・カーがよく通るけれども、「自分の係りではない。そこで待ってろ」と云って相手になってくれない。あとで聞けば、このあたり、事件は二分置きに起っていて、ただの盗難などはあと廻しだそうである。日本の留学生なども、この泥棒市場を見学に来る時は、遥か遠くに車を置いて、四、五人で一と塊りになって来るくらいのものだそうだ。通行人は多いけれど、盗みの現場を見ても、誰も告げ口をしたりはしないし、調べられても、やっていた人間の名は云わないということである。

そのうちやっと、警察の車が来た。こういう時こそサイレンでも鳴らして頼もしい所を見せて欲しいのに、まことにのんびりとやって来た。

「十五分ほどの間にやられた」というと、

「彼等は十五秒あったら仕事をする」という御挨拶である。

「ほかの物はともかく、パスポートと日記だけは出ないだろうか？」と訊くと、「もし貴方が運がよければ」という。そして型通りのことを訊き、型通りの報告書を作って帰って行った。これだけでは、私たちの物は、恐《おそ》らく一物も出て来なかっただろうと思う。知人の法律学の教授が、「ちょっと待ってくれ」といって自分で本署へ出かけて行き、間もなく、腰にピストルをさげた私服の刑事と一緒に出て来た。この私服が本気で同情してくれ、もう一度詳しく事情を訊ねて、

「よろしい。我々の最善をつくしてみるから、もう二、三日シカゴで待て」ということになった。

どちらにしても、パスポート亡失の手続をしなくてはならないので、私たちは出発を延期したが、その翌日、警察から電話がかかって来、行ってみると紙箱に入った日記、手紙、パスポートの類が、多少の衣類と共に出て来ていた。肉屋の匂いのような匂いが、すべての品物に染みついていた。手紙は小切手が入っていないか、いちいち検べてあった。翌々日また電話がかかって来、衣類が殆《ほとん》ど全部とスーツ・ケース二つがまた出て来た。おかしなことに、くしゃくしゃになった衣類のなかには、私たちの物でない、特大サイズのピンク色のパンティなども混っていた。

「もうこれでおしまい」ということである。警察では、どこでどうして見つけ出したということは一切云わない。「これだけ出たから持って行け」というだけである。私は大いに

感謝したが、傘とか写真機の三脚とか、それから悪銭身につかず、ラス・ヴェガスの戦利品である万年筆や時計は、遂に戻らなかった。その日私たちはシカゴを立った。

この話を友人にしたら、泥棒市場へ行って泥棒にあったというので大いに笑い、「悪銭身につかず」というのは、英語で、「イージー・カム・イージー・ゴー」というのだと教えてくれた。

ゴア紀行

ズワリ河を渡るフェリーにて（中央が著者）

ゴア？

前の年の秋に、私と一緒に東北一周の自動車旅行をして、私に「一級国道を往く」という報告文を書かせた「日本」編集部のカクさんが、某月某日、「今度は、別の珍しいルポルタージュを書きに、海外へ出てみませんか？」という話を持って訪ねて来た。

「出てみてもいいが、どこへ行くの？」と私が訊くと、

「ゴア」と云う。

「ゴヤ？」

「ゴヤじゃなくて、ゴアです」

「ああ、ゴアね」と私は答えたが、はて、ゴアというのはアフリカだったような気もするし、印度のような気もするし、南米であったようにも思え、はっきりしなかった。カクさんは頼りなさそうな顔をした。

しかし――、読者の地理学と歴史学の素養を、私と同程度に見ては失礼にあたるかも知

れないが、一般の日本人にとって、ゴアというのは、まあその程度に無縁な所ではあるまいか？

「ゴア」と聞いて、印度の西海岸、ボンベイの二百マイル程南にあるポルトガル領の植民地、今から四百年あまり前、遣欧少年使節が、ローマへの往還に滞留した所、戦争が始った時、ここに交換船が立ち寄り日米両国市民の交換が行なわれた、そして四年前の一九五五年に暴動があったと、これだけ即座に答えられる人があったら、それは当代稀有《けう》の物知りだと思っていい。

事実、その程度以上のことは、日本のどの新聞雑誌、辞典類をひっくり返してみても、殆ど出ていない。欧亜連絡の航空路の中でも、ゴアを経由するものは一社も無いし、交通公社発行のあの詳細な「海外旅行案内」にも、マカオのことは記載があるが、ゴアのことは一行も書いてない。日本の新聞記者や、東西交渉史を専攻している学者でも、ゴアを訪れた人は、殆どいないようだ。

そんな所へ行って、一体何を見て何を書くのか、地球儀を出して眺めてみると、大体暑い所であろうという想像だけはつくが、暑いのが私は大変苦《に》が手で、渋っているうちに、カクさんの方は勝手に、走り廻って準備を整え始めた。

聖路加病院へ私は連れて行かれた。コレラと天然痘の予防接種のためである。聖路加のきれいな看護婦は、仕事の上の物知りで、にこにこしながら、

「あちらでは、コレラなんか東京の交通事故みたいなもので、新聞にも出ないんですってってね」と云った。

カクさんは、どこから仕入れて来た情報か、

「ゴアでは、そのへんの溝に、鰐《わに》がウョウョいるそうですよ。鰐革をたくさんお土産に買って来ましょう」と云った。

「日本」編集部の企画に従えば、今度の旅行は故《ゆえ》あって無銭旅行になるらしい。往きは日本の商社関係の人の乗る特別機にもぐりこみ、帰りは鉄鉱石運搬の貨物船にもぐりこむのだという。何だか面白そうな気もするが、少し虫がよすぎるようにも思う。虫のよすぎる話はこわれやすい。張り切りカクがそのうち「申しわけありません。準備不充分の為一旦中止と決りました」そう云いに来るだろうと、私はタカをくくっていた。

それで、三月（一九五九年）の末正式に、

「右の者は日本国民であって、視察のため葡領ゴアへ赴くから通路支障なく旅行させ且つ必要な保護扶助を与えられるよう、その筋の諸官に要請する」という、いかめしい「日本国旅券」が下り、四月五日羽田発のチャーター機のフライト・スケジュールを渡された時には、とうとう話がのっぴきならぬ所まで来てしまったことを悟った。

「何をしに行くんですか？」と色んな人に訊かれるのだが、私自身何をしに行くのかよく分らない。しかし、旅には必ずはっきりした目的がなくてはならぬということはない。分

らない所と云っても、よく分っている所へなら行ってみる必要もないわけであった。

貸切機

四月五日の朝七時、羽田の国際線の繋留場に、ＤＣ４「スカイマスター」が一機とまっていた。ＤＣ４といえば、四発機ではあるが、既に世界の重だった国際空路からは姿を消している飛行機である。しかもその所属会社は、ＴＡＩＰ——トランスポルテ・エアロ・ダ・インディア・ポルチュギーサ（葡領印度航空）という、多分羽田では、誰も今まで見たこともない飛行機であった。

ＴＡＩＰのＤＣ４は、何をしに東京へやって来たかというと、それは約六十人の鳶《とび》職や潜水夫や機械工をゴアから日本へ送りかえし、そのかわりに、カクさんと私とを含む十七人の日本人をゴアへ連れて行くためである。

鳶職や潜水夫は、何をしにゴアへ行っていたかというと、ゴアの港を埋立て、埋立地の上に鉄鉱石の積出し機械を組立てるために行っていた。入れ替りに十七人は、何のためにゴアへ行くかというと、そのうち私ども二人は何をしに行くのかよく分らないが、あとの連中は、Ｎ鋼管の原料部長とか、Ｋ工業の社長とか、Ｓ機械の社長とか、Ｍ組の副社長とかいう人々で、いわゆるプラント輸出の鉱石の積出しの施設が完成したので、その落成式に招待されて行くのである。ＤＣ４を借切り、日本人計七十何人のためにこの飛行機を提

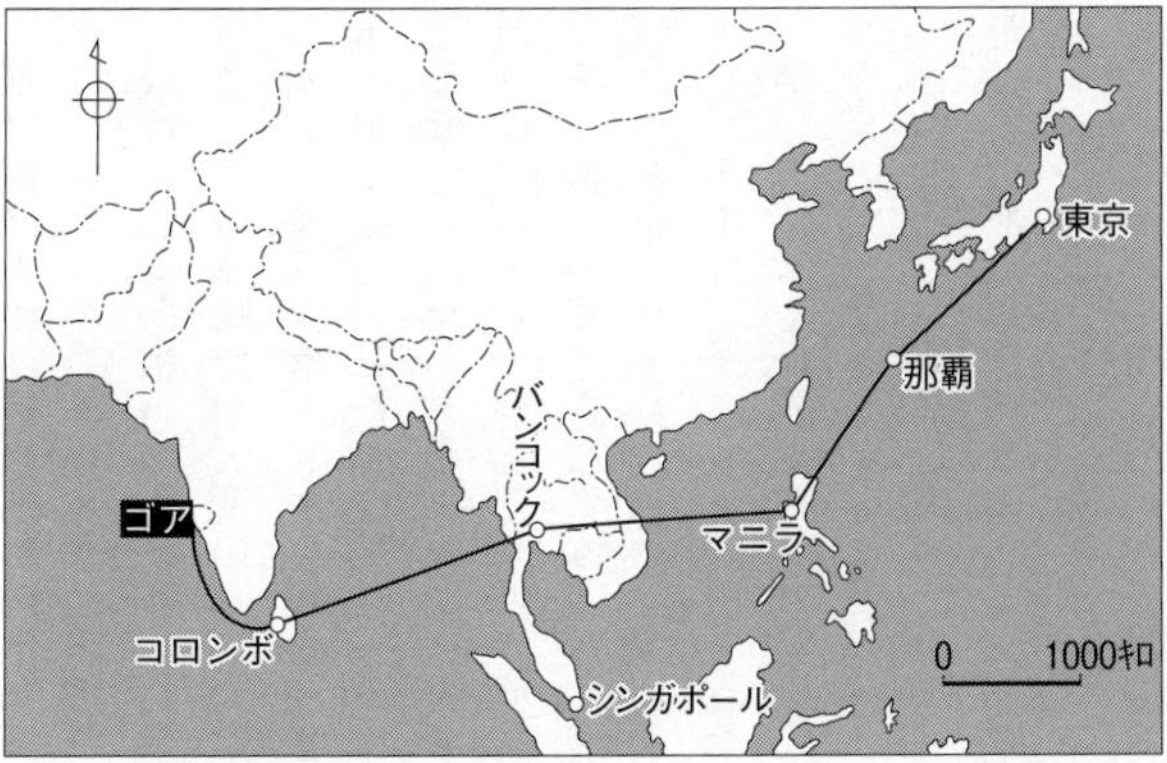

供してくれたのは、ゴアの鉱山主、印度人のチョーグリさんという人。鉱山主とカク君御父上との人間関係にもとづいて、若い私ら二人も招待客扱いのタダ乗りとする。

　さてこの旧式の特別機は、八時五十分に羽田を出発した。機長はポルトガル人、キャプテン・マルセリーノ。スチュワーデス二人は印度人。二人ともサリーというのか、まっ白な薄物のカーテンみたいなものを身体に巻いて、背中の肉が見えていて、スチュワーデス風俗としては大層変っている。この「印度人」という言葉は、但し、これから先はゴア人という言葉にあらためた方がいいだろう。彼らは印度のコンカニーという一種族に属し、国籍の上では既に四百年来ゴアに定住し、大部分の者はポルトガル人で、自分たちのことは、Goans（ゴア人）と呼んでいるからだ。それに現在、印度とゴアとの間は政治的にも経済的にも関係が絶えている。

飛行機は先ず沖縄の那覇《なは》に下り、四月の桜の日本がそこから夏になり、そのあと、マニラ、バンコック、コロンボと補給のために下りて、結局ゴアまで三十六時間かかった。

飛行としては相当のんびりした飛行だが、六十人乗れるところへ日本人だけ十七人の旅客で、その意味でも大変のんびりしていた。初めて東京へ飛んだ乗組員たちは、大量の買物をして来て、客席にお土産の子供用自転車まで積んである始末である。マニラやコロンボの飛行場で、私たちは私たちの世話をしてくれるグラウンド・スチュワーデスたちと仲よくなった。マニラのフィリッピン航空のスチュワーデスに、東京へ飛ぶことがあったら遊びにいらっしゃいと云うと、彼女は、

「そう仰有って下さる日本人がたくさんあります。日本人の名刺を」と、ピースを三箱重ねたぐらいの厚さを示して、「こんなに持ってる」と笑っていた。少しくがっかりした。コロンボでは、セイロンの服を着た、眼を見張るように美しいグラウンド・スチュワーデスがいて、みんなのカメラの対象にされていた。しかしいずれも、一時間か一時間半のおつき合いで、はかないものだ。

この飛行で一番楽しかったのは、ポルトガルの美味《うま》い葡萄酒が、自由にふんだんに飲めたことである。マデラ・ワイン、ダオンという赤葡萄酒、本場のポート・ワイン、ポルトガル産のブランデー、そのほかスコッチやシャンパンやイタリーのベルモットなど、それは、チョーグリ商会がゴアで積んでおいてくれた豪華な酒の饗宴であった。

そして、羽田を飛び立った翌日の午後八時四十五分に、私たちのこの貸切特別機はゴアの飛行場に着陸した。殺風景な飛行場であった。現地時間は夕方の五時十五分で、ギラギラした西日が、空港の赤い酸化鉄の土の上に照りつけていた。

ホテル・マンドビとパンジムの町

自動車は椰子の林を縫うようにして、よく鋪装された道を、相当のスピードで走って行く。頭に壺をのっけて、はだしで歩いているゴア人の女を、たびたび見かける。

約十七キロ走って、コータリムという渡し場に着く。渡し場の横手に、マリヤの像が祀《まつ》ってある。眼の前を、緑がかった泥色のズワリ河が流れている。フェリーがあって、人も自動車も一緒に向う岸へ渡してくれるのだ。フェリーの中にも、花を供えてキリストの絵が飾ってある。

ゴアは全体で、ほぼ埼玉県くらいの広さ、人口は約五十六万、そのうち四十七パーセントが、天草のように、古くからのカソリック信徒である。五十六万のうち、ポルトガル人は、兵隊を除いてほんの一パーセント強、六千七百人しかいない。

フェリーでズワリ河を渡ると、また自動車で約十七キロ、そしてゴアの首府、人口二万一千のパンジムの町へ入る。

長く気根を垂らして鬱蒼と繁った立派な樹木がたくさん眼につく。明治初期の錦絵にあるオランダ商館のような二階建の建物は、ポルトガルの国旗を掲げて、これがポルトガルの総督府だ。

パンジムの町の初印象は、モービルガスのガソリン・スタンドや、タクシーや、葬式自動車のような妙なバスを眼から消して考えると、明治の初めの長崎とか浦賀の町がこんな風だったのではないかと思われる、そういう風な町であった。

私たちは、ゴア随一の高層建築で、ゴアでたった一つのエレベーターのある五階建のホテル・マンドビに入った。このホテルは、七年前のザビエルの四百年祭に、各地から集まる客を目標にして建てられたものだそうだが、何でも近代的な建築方法によったものではないらしく、人海戦術で組立てているうちに、折角のザビエルのお祭には間に合わなくなったという話だ。しかし、このホテルが、ゴアでほとんど唯一の、西欧流の便宜を要求しうる場所であった。

部屋にはバス・ルームがついていて、バスもシャワーも、例のビデもある。ただし湯は出ない。湯が出ないわけは、すぐ分った。水そのものがぬるま湯なのだ。部屋の床は、研《と》ぎ出しの人造大理石で、カーキ色のボロ服を着た雑役のボーイが、はだしで荷物を運び入れて来る。食事や洗濯物の世話をするのは、もう一つ格の上のボーイで、これは白い詰襟《つめえり》の服を着て、靴をはいている。どちらも大変色が黒い。じっと坐っていると、汗が吹き出して来る。天井の大きな扇風機をかけっ放しにして置かないと、とても眠れそうもない。

部屋の下は、道をへだてて、ズワリ河と同じような、濁ったマンドビ河が流れている。河は西へ三、四キロ流れてアラビア海にそそぐのだ。

ホテルの生水を飲むのは、初めのうち少し心配であったが、絶対大丈夫だと云われ――大丈夫なわけをのちに確認したが――その通り、飲んでも、滞在中何の障《さわ》りも無かった。蚊が少しいるけれども、ゴアには疫病は殆ど無いそうだ。聖路加の看護婦さんの話は、嘘であったらしい。

町へ出てみると、ゴアは自由港だから、煙草でも酒でも、フランスの香水でも、スイスの時計でも、アメリカのＬＰのレコードでも、大抵の品物がある。そして安い。しかし、店がきたならしく、飾りつけが下手で、しかも品物があまりはけないと見えて、赤茶けて薄よごれていて、高級品が高級品に見えない。私は、関心が強いせいか、酒類のおそろしく安いのがとりわけ眼につく。オールド・パアが日本金に換算して九百八十円くらいで手に入る。

但し、鰐革だけは、どこの店を探しても皆無であった。日本で聞いて来た情報は、嘘ばかりであった。

バナナ・ボックス

のちに手に入れたポルトガル官辺すじ発行の「ゴア案内」によると、ゴアには乞食などはいないように書いてある。

しかし、町に出たら、私たちは忽《たちま》ち、子供乞食につきまとわれた。木箱を提げて来て、靴を無理に磨こうとする靴磨きもいるが、

「ミスター。モニー、モニー。ミスター、モニー」ただそう云って、金を要求してついて来るのもいる。六、七歳から八、九歳ぐらいまでの、色の黒いゴア人の子供で、みんなはだしだ。

一人しつこくついて来て、離れないのがいた。いやがらせのつもりか、時々、黒いよごれた手で、ちょこッとこちらの身体にさわる。店へ入ると、店の前の歩道に腰を下ろして、根気よく、出て行くまで待っている。

この乞食坊やが、しかし、よく見るとなかなか愛嬌があって可愛い。くりくりした眼をしていて、黒い皮膚が黒いなりに、少年のやわらかさであった。

「ミスター、モニー」と云ったり、

「バナナ・ボックス、ミスター」と云ったりして、いつまでもついて来る。風呂に入れて、よく洗って、連れて帰りたいような気がしないこともない。

初めは一切無視して歩いていたが、そのうちとうとう私は振り向いた。

「こら、坊主。英語分るか?」と私は訊いた。

「イエス」と云う。

「金をやるのはいやだ」と私は云った。「しかしその、『バナナ・ボックス』というのは何だ？　バナナが食べたいのか？」

「イエス」

「それじゃあ、こうしようではないか。僕は今から十日間ここに滞在する。僕がゴアを立つ前の日に、お前とホテルの前で逢おう。そうしたら、バナナをたくさん買って君にあげる」

「イエス」

「分ったね？　それじゃあ――」そう云って歩き出すと、驚いたことに、少年は再び即座に手をつき出して、

「バナナ・ボックス、ミスター、バナナ・ボックス」と哀れっぽい声を出して追いかけて来た。

私はまた立ちどまらなくてはならない。

「今約束したばかりじゃないか。バナナは僕がゴアを立つ前の日に買ってやるんだ。分ったか」

少年は「イエス」と云うけれども、こちらが歩き出すと同時に、また、

「バナナ・ボックス」を繰返してついて歩いて来る。だんだん腹が立って来た。

しかしそのうちとうとう、あきらめて居なくなってしまった。

この「バナナ・ボックス」の謎が解けたのは、二日ほどしてからである。

――ゴアの通貨は、公式にはエスクドウが単位だが、普通民間では印度と同じく、ルピーが使われている。一ルピーは十六アンナで、一アンナは日本金の約五円に相当する。少年はほんとうは、

「ワン・アンナ・バクシー」と云っていたのだ。「バクシー」というのは「バクシーシ」で、印度からトルコ、エジプト方面で広く使われている「心付け、御祝儀」を意味する言葉だった。つまり彼は、

「五円めぐんでおくれよ、ねえ」と云ってついて来ていたのだ。「ワンナンナ・バクシ」――それが「バナナ・ボックス」に聞えた。そのことが分ってから、私はこのバナナ乞食のことが、少し気になって来た。

チョーグリ氏

鉄鉱関係の商社の人々は、着いた翌日から、早速仕事の折衝に忙しくなったようだ。折衝の相手は、ポルトガル総督府関係もあるが、主としてチョーグリ商会の持主チョーグリ氏個人である。今度落成式の行なわれる鉱石積出し施設も、その持山から出る鉄鉱石を見返りに、S機械その他が、チョーグリ商会のために建造したものである。

少し言葉を変えればゴアの三井さん、私たち二人も、滞在中直接間接世話になるので、

商社の人たちと一緒に挨拶に行き、その私邸で昼飯の御馳走になった。

チョーグリ商会の本部は、マルマゴアというゴアの港の、丘の上の、マルマゴア港と、港に出入する船舶をいつも見下ろせる所にある。

首府のパンジムからマルマゴアまでは、チョーグリ氏自慢の快速艇で、水路四十分、コータリムの渡しを渡って、私たちの着いた飛行場のそばを通り、自動車で来ると、約一時間かかる。出来上った日本製の鉱石積出し機械は、このマルマゴアの港に、赤く長い姿を見せて、試運転中であった。マルマゴア港からはすぐとなりに、ヴァスコ・ダ・ガマという町がつづいている。

この地理的関係は、ちょっと分りにくいかも知れないが、要するにパンジムが東京で、ヴァスコ・ダ・ガマは横浜、マルマゴアは横浜港、そして東京と横浜の間に、羽田の飛行場と六郷《ろくごう》の渡しがあるのだと思ってもらえばいい。

チョーグリ商会本部は三階建の、床はマンドビ・ホテルと同じ研ぎ出しの床で、ゴア人の事務員たちが大勢、帳面やタイプライターを前にして事務を取っていた。あまり出来のよくない富士山の油絵が壁にかけてある。チョーグリ氏の部屋に入ると、そこだけは冷房がしてあって、ヒイヤリといい気持がした。確かめたわけではないが、ゴアに、他に冷房つきの部屋があるとしたら、ポルトガルの総督の執務室ぐらいのものかも知れない。このチョーグリ氏の部屋にも、同じく額縁屋にありそうな富士山の油彩がかけてあった。

チョーグリ氏がゴアの三井になったのは、ほぼこの十年だそうだ。齢はまだ五十には少し間がありそうに見える。生は大いに波瀾に満ちたものであったろう。チョーグリ氏はあまり富貴の階級《カースト》の出ではないらしい。その半さげて、一人一人の日本人に、至極愛想がよかったけれども、彼はお土産に貰った最新型のキャノンを肩に(ゴア人)実業家というようなヤワな男ではないようだ。いわゆる親日派の印度人商売の話の時には、日本の商社側との間に、火の出るような応酬が行なわれるということであった。

N鋼管の人が、

「あれは水牛だね」と云っていた。しかし水牛には、もう少しとぼけたおっとりした味がある。

蠟細工のような顔という表現があるが、チョーグリ氏の顔はビフテキ細工の顔であった。頬も耳も唇も、黒く焼けた厚いビフテキで作られたような量感を持っていて、身体全体もずんぐりとふとい。握手をすると、掌だけはテンダーロインの牛肉のようにやわらかかった。

チョーグリ氏の私邸は、港の丘の上の事務所からはまた少し離れた所にある。私たちはそこで昼食の饗応にあずかった。

ポーチを入ると、石の床の広い応接室があって、飾り棚のガラスの内に、藤娘の日本人形や、銀細工の御所車など、日本の鉄鋼関係からの贈り物がたくさん並んでいて、ちょっとアメリカの日系一世の成功者の家のようであった。

フランスのドライ・モノポールというシャンパンが景気よく抜かれた。これは美味かった。私は遠慮せずにお代りをした。

肉がそげて眼だけギロギロした、鷲鼻の、禿鷹のような感じの給仕頭が、白い服を着て酒をついで廻っていた。老忠僕にちがいない。忠僕は少し足をひきずっていた。

食事はスープで始る西洋風のもので、主客召使共全部男ばかり、チョーグリ夫人は出て来ない。外国に征服された印度やゴアの風習では、食事の席に女を出したら横取りされる恐れがあったから、女気を出さないのだというが、それはほんとうかどうか分らない。

最後にピラオ飯が出た。これは米を香料と一緒に油でいためた一種の焼き飯で、村井弦斎の「食道楽」にも出ている。私は初めて、本場のピラオ飯（ピラフ）にありついたわけだが、あまり美味くはなかった。白葡萄酒とデザートのプディングだけが美味かった。

チョーグリ氏の富は、現在どのくらいあるか見当がつかないということだ。噂によると、その私邸の一室には、金ののべ棒や宝石類が山と積み上げてあるそうだ。彼が日本へやって来た時、御木本の真珠屋へ案内した人が、チョーグリ氏の買物は二十万や三十万では済むまいが、どのぐらい買うだろうと思って見ていたら、彼は土産の真珠をざっと三百万円買いこんだという話がある。現代のアラビヤン・ナイトの商人は、山の赤い泥だらけの石を、金や真珠やダイヤモンドに変える術を知っている。

熱気にうだり、食後の甘いリキュールに酔って、私はいつの間にかチョーグリ邸の応接間のソファで居眠りをした。失礼なことだったが、眠った私を、チョーグリ氏はそっと、そのままにして置いてくれた。

オールド・ゴア㈠

鉄鉱石その他の商売関係以外でゴアに興味を持っている日本人の場合は、その興味は大抵、天正の遣欧少年使節の旅と結びついているようだ。それは、むつかしくは東西交渉史や日本キリシタン史の問題であり、俗には南蛮異国趣味の話題である。ゴアかゴヤか知らなかったぐらいで、私はその方面の知識も趣味も皆無であったが、やむを得ず、少し俄《にわ》か勉強をした。

天正年間、キリシタン大名の手で選ばれた四人の少年使節が長崎を出帆したのは、西暦でいうと一五八二年、彼等はそれから八年かかって、一五九〇年に日本へ帰って来ている。往路は先ずマカオへ寄り、そこでモンスーンを待って一年近く滞在し、それからマラッカへ寄り、印度は一部陸路を通ってゴアにたどりつく。ゴアには、ザビエルの造ったサン・パウロ学林なるものがあって、彼等はそこに滞留したものだそうだ。

ゴアまで来れば、当時既に、リスボンとゴアとの間には、喜望峰《きぼうほう》まわりでポルトガルの定期航路があり、直通の定期船が就航していた。無論帆船であった。

少年使節たちは、それに乗って欧州へ行き、それに乗ってゴアへ帰って来る。帰路も亦、モンスーンを待つためであろう、ゴアに暫《しばら》く滞在した。彼等がゴアから帰国の途についた時、一緒の船にバリニアーノというポルトガル人の宣教師が乗っていて、この宣教師がゴアの総督から託されて、聚楽第《じゅらくだい》で豊臣秀吉に奉った書簡が、現在京都の妙法院に残っているそうである。

しかしこの時には、秀吉は既に、キリシタン禁止令を出していた。それで、日本とゴアとのつながりは、これが一回きりで、あとは絶えた。そうして、最近鉄鉱石を媒介にして関係が深くなるまで、およそ四世紀の間、絶えたままで、ほとんど何のめぼしい往き来もなかったのである。（現在でもゴアには、日本の領事館は置かれていない。）

この天正少年使節の夢のあとを留めるのが、パンジムの町からマンドビ河に沿うて十キロばかり内陸へ入ったところに在るオールド・ゴア（ヴェルハ・ゴア）である。

当時そこには、「黄金のゴア」と呼ばれた文明が栄え、富んだ町と多くの壮麗な教会があった。それは、東方のベネチヤにたとえられ、「ゴアを見た者はリスボンを見るに及ばない」と称された繁華な美しい市街であった。そのころのポルトガルは、今のポルトガルではなく、その首都リスボンは、欧州で最も富裕な美しい都市の一つであったのだから、この言葉にいくらか誇張があるとしても、当時のゴアの富と繁栄とは、およそ推察することが出来よう。

ゴアがポルトガルの手に陥ち、ゴアという一つのまとまった領地として劃定されたのは、一五一〇年、将軍アルブケルクの征服による。日本の歴史でいうと、一六〇〇年が関ヶ原の戦だから、天正の少年使節の訪問と関ヶ原のいくさとを中にした十六世紀から十七世紀にかけての約百年間が、ゴアの最も栄えた時代であった。

そのあと「黄金のゴア」は、急速に衰えて僅かな年月の間に完全な廃墟に化した。そんなに富み栄えた町が、ポルトガル本国の勢力が衰え始めたとは云え、何ゆえにそれ程急速に消滅して行ったか、そのことについての正確な資料は殆ど残っていないということだ。或いは印度の軍隊に滅ぼされたのであろうと云い、或いは疫病のためだと云い、或いは骨肉相食《あいは》むようなはげしい内乱があったのだと云われている。しかし、私たちが今度現地で訊いたり読んだりしたところでは、疫病——マラリヤの猖獗《しょうけつ》によったものだというのが定説になっているようであった。

こんにち私たちが見るオールド・ゴアは、その「黄金のゴア」の廃墟である。

オールド・ゴア㈡

ヨーロッパの田舎にありそうな古い石の反《そ》り橋を渡ってパンジムの町を出離れると、自動車はしばらく、豊かな緑泥色のマンドビ河に沿って走る。鉄製のダルマ船のような鉱石運搬船が、鉄鉱石を満載してゆっくり河を下って行くのが見える。

やがて車は、椰子や芭蕉の木にかこまれた貧しげな部落を抜ける。そうして約二十分で、かつてポルトガル帝国の東方における首都であった栄華の跡に着く。

一体ゴアでは、どこを歩いていてもカソリックの教会がたくさん眼につくが、特にここには、壮大な石造の大伽藍《だいがらん》が密集していた。或る物はローマの聖ペテロ寺院のスタイルを模したものだといい、或る物はその名が「アッシジの聖フランシス教会」と呼ばれている。少年使節たちが滞在したサン・パウロ学林には、最盛期には東洋各地からの三千の学僧たちが学んでいたという。

しかし、それらの寺院群は、今はいずれもよごれて、草が生えて、半ば朽ちかけていた。熱帯の樹々の上から、ギラギラした太陽が光をそそいでいるが、黒く疫病の妖気が立ちのぼっているような陰鬱さがあって、夜は棕櫚《しゅろ》林の中から幽霊でも出そうな所だ。

教会堂の群は、だが、完全に朽ちて死に絶えているのでもなかった。僅かな人数のゴア人の僧たちが、今も法燈を守っているのである。それが却って、この土地に鬼気を添えている。

セ・カセドラルはゴアで一番大きい——多分東洋一の、カソリック・チャーチで、長さ二百五十フィート、幅百八十フィート、高さ百二十フィート、一六三一年に造営が始められてから完成までに六十年を要したという大伽藍で、遣欧少年使節たちは、昔、完工直前のこの教会を見て帰っているわけだ。

私たちが、この半ば廃墟になった石造の伽藍の中へ入った時、金襴《きんらん》の衣を着たゴア人の司祭が、赤と白のカラー・フィルム向きの服を着た黒い少年僧たちを従えて、ミサが行なわれていた。パイプ・オルガンの響きと、聖歌の声が聞え、蠟燭《ろうそく》の灯が暗い祭壇の上で揺れている。ほのくらがりの中に、聖水盆《せいすいぼん》や告解室《こっかいしつ》のあるのも見える。無いのはミケランジェロの壁画やモザイクの天井やステインド・グラスだけだ。そして、見物の日本人以外に、参詣者は一人もいない。香の匂いが立ちのぼっていた。祭壇のはるか上の高い天井のあたりに、小鳥が巣を営んでいるのが見えた。

セ・カセドラルの裏が「アッシジの聖フランシス教会」で、それから道をへだてて、ボン・イエズス教会がある。これらの寺々にはいずれも、ヴァチカンのシスティーン・チャペルや、フランスのノートル・ダムやシャルトルの寺院を思わせるだけの、荘厳美麗の名残りがほのかにとどまっている。

ボン・イエズスがすなはち、フランシスコ・ザビエルの遺骸をおさめた寺であった。もっとも、ザビエルはゴアで死んだのではない。彼は日本の布教を終えてシナへおもむく途中、広東の近くの上川島という所で永眠し(一五五二年)、その翌年、遺骸がマラッカを経てゴアに移されたのである。

ザビエルの遺骸は、銀細工に宝石をちりばめた豪華な大きな棺におさまって、壇の上にまつってあった。見せてくれと云ったら、断られた。ただ、何年かに一度、遺骸の御開帳がある。最近では、一九五二年のザビエル昇天四百年祭の時棺がひらかれて、各地から大勢の人が集まって来たそうだ。

遺骸のかわりに私たちが拝ませて貰うのは、その一部、ザビエルの足の指である。これはある時、狂信者が、遺体からかじり取ったものだとかいう話だ。それは別の部屋の、洋箪笥のような古い戸棚の、金色の扉を開けて、案内人が十字を切って恭々しく取り出して見せてくれる。

丁度御仏《ぎょぶつ》四十八体仏の光背のような形と大きさとをした、金銀細工の容器の中に、褐色の、かつお節のかけらみたいな物がはめこんであった。それが聖人の足の指だった。例のザビエルの片腕の方は、現在ローマにあるそうだ。

ここからマンドビ河は近く、河の桟橋に通じる道には、ボンベイの「印度の門」を模した「太守《たいしゅ》の門」が建っている。これが古くは公式のゴアの正門で、新しい太守、すなわち総督が着任する時、市の自治体の役人がここに出迎えて町の鍵を献ずるのが慣例であったという。もしかしたら今でも、その儀式は行なわれているのだろう。

しかし、こうして廃墟の寺々や「太守の門」を廻っているうちに、私は信仰薄きせいか、熱さに耐えられなくなって来た。早くパンジムのホテルへ帰ってつめたい物が飲みたいのだが、タクシーの運転手は、ここからもう三キロほど奥の、ヒンズー教の寺を見物しろと云ってきかない。彼はヒンズー教徒で、私たちが熱心に（あまり熱心でもなかったのだが）カソリックの教会ばかり見て歩いているので、対抗心を起したらしいのである。

ゴアのタクシーやバスは、日本なら成田山のお守りをぶら下げている所に、必ずキリストやマリヤの絵か、そうでなければヒンズー教の神様の写真（？）を貼りつけている。結局牛にひかれてヒンズー参りをすることになった。

石だたみの参詣道で、私は小さな女の子から、レイのように編んだ匂のいい花の輪を買わされた。寺の本堂の石の床の上では、行者のような色の黒い男が、胡坐《あぐら》をかいて、お祈りをしているのか説教をしているのか分らないが、本を前にして大声で何か一人で節をつけてしゃべっていた。四角い綺麗な池のまん中に、石を土台にして、美しい石像が一体あるのが眼についた。

このへんは、ゴアの赤線地帯の一つだそうだ。ヒンズー教の大きな寺の周辺には、こういう特殊区域が多いという。それは、妻子を国に残してはるばるお詣りに来た男が、寺の近くの民家に宿り、民家では家の娘を参詣者の接待に出した、そういう事情の名残りであるらしい。

ゴアの娼家

パンジムの町の西はずれの海岸に、アルブケルクの銅像が立っている。案内記には「偉大なるアルブケルク」などと書いてあるが、彼はゴアを最初に征服したポルトガル人で、史上最大の殺戮《さつりく》者の一人に数えられているという男である。しかし、パンジム郊外の美しい海水浴場に、この征服者の像が立っていることに、ゴアの人たちは格別気持の抵抗も感じていないかのようであった。

その銅像のすぐ横手、海のそばのこんもりとした樹立の中にバンガロー風の建物が見え、「カジノ・ミラマール」と、アーチ型の看板が出ている。

「カジノ」というので、もし公認の賭博でもやっているのなら、一儲けしてやろうかと思い、マンドビ・ホテルのフロントで、

「カジノ・ミラマールについて詳しい事を教えてもらえるか?」と訊いたら、フロントの男はちょっと妙な顔をして、

「どういう詳しいことか?」と訊き返して来た。妙な顔をするわけで、それは賭博場ではなくて、娼家であった。

夕方、涼かげが立ってから私は出かけて行った。色の黒い娼婦たちが、ヒマラヤ杉の樹立の中、バンガローのほとりをぶらぶら歩いている。海の見える露天のテーブルについて、ウイスキー・ソーダを註文して様子を眺めていると、来ている客は大抵ポルトガルの水兵らしく、酔って女を膝に抱き上げて、撫でたり舐めたりして嬌声をあげさせているのがいる。東京のキャバレーの熱帯戸外版というところだ。

女どもはみんな、例外なしに眼鏡をかけている。お洒落のつもりであるらしい。そのう

ち私のテーブルにも、女が二人やって来た。やはり二人とも、八角の縁なし眼鏡をかけている。

私は無論、民情視察の目的だけで来たのではなかったのだが、この二女性が実に何とも、一人は象と河馬との混血児の如く、もう一人は大分婆さんで、鰊《にしん》の燻製が白粉を塗ったかの如く、それが片言の英語で何か云って、ニタッと赤い唇をほころばせると、まことに、オールド・ゴアの廃墟以上の物凄さがあった。

試みに値段を訊いてみると、ショート・タイムで十五ルピー、ほかに部屋代が十ルピー、合計日本金で千九百円ぐらい。別に高くはないし、鍵をあけて、土間にベッドの二つ並んだ納戸のような個室まで見せてもらったが、結局私はチップを置いて、尻尾を巻いて退散した。

別の日に、ゴアに二年滞在しているM組の現場監督から、こういう話を聞いた。

「相手が相手なのと、熱さで欲望の方も減退するんですかな、みんな三ヵ月ぐらいは我慢をしております。しかし、三ヵ月以上経って、石崖の穴でも欲しいというようになると、出かけて行くですなあ。だけど、楽しみに行こうなんていうのは、そりゃあんた、料簡ちがいでさあ。ラジオ体操ですよ。ラジオ体操のつもりでなくちゃあ」

もっとも滞在が更に長くなり、ゴアの土地にもっと馴染《なじ》めば、黒い娼婦との間にも、そこは何がしかの情が生じて、ラジオ体操がラジオ体操でなくなるということも想像されるけれど、いくら人種偏見を持たないつもりでも、滞在十日の人間には相手が少々アクが強過ぎた。

それっきり私は、ゴアの赤線探訪はせずじまいである。

「カジノ・ミラマール」を出て海辺を歩いていると、夕方の水浴に来た少年少女たちが、元気よく砂の上で遊んでいた。ポルトガル人の子供もゴア人の子供も一緒になって戯れている。象河馬と鰊の燻製に辟易《へきえき》した直後のせいか、どの子供も非常に美しく見える。

二人のゴア人の少年と私は英語で話した。小学校四年生で、彼等は学校でポルトガル語とヒンズー語と英語とフランス語を習っていると云った。もしかしたら特殊階級の学校の生徒であったかも知れない。（もっともゴアでは、港に働く人夫頭などは、五ヵ国語ぐらい話せないと商売にならないということだ。）一人が、

「僕はエンジニヤになりたい」と云うと、もう一人が、

「僕は海軍士官になりたい」と云った。そして二人とも、日本へ行ってテレビが見てみたいと云っていた。

ゴアの海水浴場としてはしかし、パンジムから七キロほど北の、カラングートの浜の方が一層美しい。私たちがそこへ行ったのは、砂と海の光の反射で眼がくらみそうな真昼間であったから、水浴の人たちの姿は無かったが（人々は夕方からでないと泳ぎに出て来ない）、明るい紺色の海の沖の方に、尖った三角帆を幾枚もつらねたシンドバッドの船のよ

うな帆船が見えていた。水平線の向うはアラビヤン・ナイトの国である。

ミッドフォード夫人とゴアの植物誌

朝飯が済むと、私たちは毎日、部屋の天井の一晩中廻りつづけていた扇風機を消し、写真機と地図とノートとサングラスを手に、外へ出て行く。別にどこへ行かなくてはならぬということはないので、地図をたよりに、タクシーに乗ったり、バスに乗ったり、フェリーに乗ったりして、何処かへ出かけて行くのである。

地図はパンジムの町の小さな本屋で買った。陽ざらしで赤茶けて、古本のような匂いのする縮尺十二万五千分の一の一枚の地図が、日本金で四百円ほどした。こういうものはひどく高い。

この本屋で、女子学生らしい十七、八の美しい娘さん二人に出あったので、英語で話しかけたら、初めは二人とも英語が分らないような顔をして警戒していたが、そのうち色の浅黒い方の娘が英語で答えてくれた。この人は、ゴア人とポルトガル人の混血だったろうと思う。

ゴアには学校は、医学専門学校以上のものはないそうだ。ハイスクール（とは云わなかったようだが）を出てもっと勉強したい者は、リスボンへ行く。アメリカや英国やフランスへ留学する者もあるが、それは極く少数で、殆どの人はポルトガルの大学へ行く。

「私も」とその娘は云った。「この六月にはリスボンへ行くのです」——。

町へ出ると、先日の「バナナ・ボックス」がいないかと思って気にしているが、見当らない。ほかの少年乞食は大勢寄って来るが、バナナ坊やはいない。

ゴアではホテルを一歩外へ出たら、濃いサングラスは必需品だ。あまり長く、このはげしい日光をじかに眼に受けていると、視神経から脳を冒されるそうである。そして、サングラスがあっても、東京のつもりで一日中歩き廻ることは、とても出来ない。店も役所も、午後は昼寝をする。もっとも、ゴアは今（四月）が一番暑いさかりだということであった。五月の中旬になると、モンスーンが来て、雨季が始る。連日のカンカン照りは、それから数ヵ月間、連日のバケツをかえしたような豪雨にかわり、崖の上からあふれて流れる水はミルク色の滝になる。二ヵ月で日本の一年分の雨量が降る。気温は下がり、雨の小止みには、大きな螢が出て、現場の日本人技師たちの郷愁をさそう。

モンスーン前のこの一と月は、また、ゴアの樹々が一番豊かに花をつける時期だということである。さるすべりのような大きな木が、真っ赤な花を枝々の先につけているのは、フレイム・トリー（火焔樹）だ。藤色がかった赤い小花を、一面に懸崖の菊のように咲かせているのはボーゲンビリヤ。花アカシヤも、黄色い花の満開である。

そのほか、熱帯の樹と花とは、椰子、芭蕉（バナナ）、さぼてん、パイナップルなど、名前の分るのもあるが、分らないものの方が多い。土地の人もよく知らないらしく、訊ねると、「ジャングル・フラワー」とか「ジャングル・トリー」とか、いい加減なことを云う。

或る日の午後、私たちは、マルマゴア港の背後の山に登って行った。そこには、ポルトガルの征服以前に回教徒たちが築いたという古い城砦《じょうさい》がある。

城砦まで登りつくと、黒い古びた石のとりでを背景にして、赤い麦藁帽子をかむった白人の婦人が、二人の子供と一緒に、木から散って来る綿のようなものを拾っていた。大きく枝をひろげた高さ一丈あまりの木から、雪のように、白い綿が風にふわふわとしきりに舞い落ちて来ている。

美しい色彩映画の一場面のようで、写真をとらせてもらっていいかと訊くと、非常にきれいな英語で答があった。訛《なま》りのない本式の英語を、ゴアで初めて聞いた。

それがミッドフォード夫人で、ゴアの港湾と鉄道の経営をしているWIPR——西部インド・ポルトガル鉄道の技術部長の奥さんであった。WIPRは英国系の会社で、ミッドフォード一家も英国人である。

何をしにゴアに来ているのかと訊かれて、私たちが然るべき答をすると、ミッドフォード夫人は、

「私どものバンガローへ、つめたいものを飲みに来ませんか？」と誘った。

その家は城砦のすぐそばにあった。

彼女の手提籠は、ふわふわした綿のようなもので一杯になっていた。それは、カポックだと教えられた。つまりパンヤである。子供たちの玩具箱のつめや、クッションの材料にするのだと云い、それからミッドフォード夫人は、熱帯植物に関する大きな英国版の本を取り出し、庭先の樹々や花々と引き合せて、いろいろ教えてくれた。

ゴアへ着いた日、パンジムの町ですぐ眼についた気根をたくさん垂らした立派な木は、バンヤン・トリーだった。ヒンズー寺院で私が少女から買った白い花は、ミッドフォード家の庭にもあって、葉が無く、枝の先に、遠目には大きなカリフラワーのような形をして、一とかたまりずつ咲いている。それはテンプル・フラワー。（たまたま私がホテルで読んでいた石川達三氏の「蒼氓」の中に、このテンプル・フラワーのことが出て来る。）火焔樹《フレイム・トリー》もある。実をたくさんつけたマンゴーの大木もある。パイナップルやパパイヤも果実を持っていた。

居間で私たちは、よく冷えた「アムステル」という罐詰のオランダ・ビールの御馳走になった。ミッドフォード夫人の子供は、十の女の子と八つの男の子で、もう一人、一番上の子供がロンドンで学校に行っているという。ここにいる二人の小学生は、通信教授で母親が先生を兼ねているのだそうだ。子供の扁桃腺の手術の時は、飛行機でロンドンの病院へ飛ばせた。

ミッドフォード夫人は、美しい気さくな奥さんのようだが、こういうところは如何にも英国式に思え、ゴアでは何も娯楽が無いでしょうと訊くと、娯楽は自分たちの間だけで作り出すのだと云っていた。ゴアには、アメリカ人は一人だけ、英国人は皆、WIPRの関係者で、それも極く少数しかいない。「自分たちの間」というのは、多分その人々の範囲を多く出ないのであろう。

市場・酒・ヒンズー料理

ゴアは美味いものの無い所だ。そして、そのせいばかりではあるまいが、何だか町にコクが無い。中国を旅すると、田舎町のきたない小料理屋や、大道の屋台店にも、何かしらこってりした美味い食い物があって、昔のことだが、町の軒々をのぞいて歩けば、不潔が不潔と感じられない楽しさがあった。ゴアにはどうも、不潔を打ち消して余りのあるような美味は無さそうである。

ホテル・マンドビの食事は、おそらくゴアで最高級の料理であろうが、マンゴー入りのアイスクリームと、一度上手に焼いたロースト・ビーフの薄切りが非常に美味かっただけで、あとはあんまり美味いものが出て来なかった。

土地柄、時々メニューにカレーライスが入っている。そのカレーはまあいいけれども、なにぶんにも米が悪い。鯖《さば》の虫という蛆《うじ》を餌にして川ではやを釣っている時、長い間魚が食わないと、蛆は体液が洗い流されてしまって、細長い白くふやけた蛻《もぬけ》の死骸になるが、ここのカレーライスの飯が、丁度あの洗いざらしの蛆虫そっくり、ぽろぽろと細長くて、味もそっけもない。それにカレーの方も、西欧の人間や日本人の口にあうように加減して作ってあるらしくて、本場は本場でも、これが本物のインド・カレーかどうかは疑問であった。

ただ、既にTAIPの飛行機の中で感心した通り、ポルトガルの酒が美味い。ダオンの赤、マデラ、それから珍しかったのは、壺のような形をしたガラス瓶に入ったラグスターという名の白葡萄酒（赤もあるが）で、これは葡萄の若い実から取った酒だそうだが、シャンパンと同じスパークリング・ワインで、栓を抜くと泡が立つ。そうして非常に淡いいい味がする。ラグスターは英語のロブスターらしくて、レッテルに伊勢海老のような海老の絵が描いてある。私はよくこれを飲み、ビール好きのカクさんは、オランダのアムステル、ドイツのベックなどビールをよく註文して食事をした。

しかしこれらは、ヨーロッパ風の酒と食い物の話である。私たちは町へ出て、パンジムのバザールへ行ってみた。市場歩きはやっぱりなかなか楽しい。ここには明らかに、庶民の生活の匂いがある。しかしここでは言葉は通じない。

今度の旅行で一番不都合なことは、私たちがゴア人の言葉であるコンカニーも、ポルトガル語も出来ないことであった。だから、英語の出来ない人とは、立ち入ったことは一切話し合えず、仲よくなることもなかなか出来なかった——。

卵、椰子の実、赤唐辛子、たかの爪、オクラ、じゃがいも、ささげ、ダマリンという乾果物のような物、ジャック・フルーツ（これは木の幹にじかになっている大きな冬瓜《とうがん》のようなな緑色の果実で、味はパパイヤにもパイナップルにも似ているが不味い）、またたび、バナナ、貧弱な大根、栄養不良の西瓜（多分栽培方法が悪いのだろう）、きんかんみたいに小さなトマト、とうもろこし、からし菜、マンゴー（今年は不作だとかで、それに時期も少し早いらしく、充分クリーミーな美味いマンゴーは、ゴアでは食えなかった）。

香料の売場へ行くと、ブラック・ペパー、丁子《ちょうじ》、サフラン、茴香《ういきょう》など、昔ヨーロッパの人々が帆船に乗って、命がけで東洋に買いに来た品々が揃っている。にんにくもある。カシウ・ナットもある。カシウ・ナットは勾玉《まがたま》のような形をしていて、ホテルのアイスクリームにも、くだいたカシウ・ナットが入っている。ゴア人たちは、ピーナッツのようにして、このカシウ・ナットをよく食べる。

茄子や南瓜もある。少し離れた所では、目鼻耳つきの、血だらけの豚の頭なども売っている。衣料を売っている一郭もある。

買出しに来ている連中は、男女とも大部分はだしだ。ゴアの女たちは、鼻の左側に穴をあけて、イヤリングならぬ鼻リングを突き刺し、ぶら下げている。金色の（多分金の）環に宝石がはめてあって、なかなか金目の物らしいし、銀座女性のイヤリングが洒落《しゃれ》ていて、ゴア女の鼻リングが醜悪だという根本的な理由は何も無いわけだが、我々の眼にはやはり奇怪に見える。男たちは、黒褐色の太腿《ふともも》も脛《すね》も痩せてほそく、骨張っている。熱気に肉が涸《か》れてしまうのかとも思うが、チョーグリ氏の肥満ぶりを考えると、やはり長年の栄養不足のせいであろう。

バザールを見学してから、私はどうしても一度ヒンズー料理が試みてみたくなった。ゴア人たちの食事は、普通、朝は肉か魚を食い、昼と夜とはカレー料理だそうだ。

数日後、マルガオというゴア第二の都会で、タクシーの運転手に、どこかいいヒンズー料理屋へ連れて行ってくれと頼み、私たちは賑かな町中の、薄暗いきたない二階建の食堂に案内された。

ちなみに、ゴアには、あの、世界中に根を張っている華僑の商人がちっともいない。したがって中華料理店も無い。ゴアで口にしうる料理のヴァリエーションは、極めて少ない。

誰もいない二階の客席で暫く待っていると、はだしの少年が、直径三十センチほどのアルミの盆に、ヒンズー・ディナーの一式をのせて、二人分運び込んで来た。盆の上には例のポロポロの飯と、お好み焼屋で作る餡巻《あんまき》の皮みたいなメリケン粉の薄焼が一枚、それからいろいろな副食物がまわりを取囲み、まん中に銀色のカップが三つ並べてあって、その一つが魚のカレー、中の一つが、チャツネというか、マンゴーをつぶして作ったらしい黄色い甘い汁、もう一つには牛乳の腐ったようなどろどろしたものが入っている。

カレーは、どろりとしていなくて、さらりとスープ状である。これをポロポロ飯の上に流しかけて、右手の指三本ですくって口へ運ぶのだが、その辛いの辛くないのと云って、これこそ本物のインドカレーであろう、ハアーッ、ハアーッと息をしながらでなくては食えない。乳の腐らした奴は、チーズともヨーグルトともちがい、変な匂いがして胸へぐっと来て、一口飲んで二人とも顔を見合せてやめにした。これはしかし、中国の腐乳やフランスのカマンベールのチーズと同様、食い馴れたら美味い物であるかも知れない。マンゴー汁みたいなものも、我々にはやはりどうもあんまり有難くない。

これらの主食主菜(?)を食いながら、まわりに添えられたおかずを、やはり手でつまむのであるが、一つはいんげん豆の煮つけ、一つは芋とオクラのカレー煮、それからレモンのへたのような物を唐辛子漬けにした猛烈に辛い漬物、それからもう一つ、豆腐状のペースト状のべとべとした物、これは正体が分らなかった。

そのうち、はだしの少年が、二の膳というか、サラダとデザートというか、別に小皿を二つ運んで来た。一方はじゃがいものカレー煮で、もう一方の皿には、ねじり飴のような形をしたオレンジ色の揚げ菓子が盛ってある。全体でこの、じゃがいものカレー煮が一番私たちの口にあったが、要するに、二人とも、三分の二以上の料理は食い残した。

勘定は大変安く、二人前で一ルピー十四アンナ、約百四十円ほどだった。店を出てしばらくして、口中の熱辛さが少し消えてから、その後味が何だか割に美味いような気がして来たが、それでもゴア滞在中、もう一度ヒンズー料理を食いに行きたいとは、二人のうちどちらからも口に出さなかったようである。

この時は酒は飲まなかったが、後日、カクさんのお供で民家へ素焼きの壺を買いに行った時、その壺が椰子酒の材料の椰子の汁を貯える容器で、そこでゴアの地酒を御馳走になった。それは透明な強い蒸溜酒で、中国の白乾児《パイカル》に味も匂いもよく似ていて、これはなかなか美味かった。

ナイク氏とアントニオ

或る日、私たちがマルマゴアの港からパンジムのホテルへ帰る途中、コータリムの渡しに乗っていると、一人のゴア人の若者が寄って来て英語で話しかけて来た。パンジムへ行くのか、フェリーを下りたら乗り物はあるのか、というようなことを、しきりに訊ねる。タクシーの朦朧《もうろう》運転手が客引きに来たのだと思ったので、

「バスで帰る」と答えて、私は冷淡な顔をしていた。

彼はしかし、運転手は運転手でも、朦朧タクシーの客引きではなかった。

「自分の主人が」と、彼はフェリーに積んである黒塗りのヒルマンの方を指して云った。ヒルマンの中には、色眼鏡をかけたゴア人の男が一人とポルトガル人が一人乗っていた。

「あなた方二人の日本人は、パンジムへ行くのか、もしそうならこの車に乗れと云っているのだが」と云う。

悪かったと私は思った。それで運転手に礼を云って好意を受け、車の中の人に、挨拶のつもりで帽子を振った。色眼鏡のゴア人の紳士が、うなずいてみせた。

これがゴアの水道局の技師長のような役にいるバルクリスナ・ナイク氏と、その運転手のアントニオ・コリダーデであった。

フェリーを下りてからパンジムに向かう車中で、ナイク氏は一度ゴアの水源地を見に来ないかと、私たちを誘った。

そして数日後、私たちはナイク氏につれられて、アントニオの運転するヒルマンで、ずっと奥地の、丁度ゴア全体の中心部に位置するゴア水道局の水源池兼浄水場を見学に行った。

この水源池に向かう途中の丘や山は、あざやかな淡い緑に燃え立っていた。

水源池のある所は、マンドビ河の遥か上流の渓谷で、河から吸い上げられた水はそこで濾過《ろか》され、薬品を投入され、完全に近代的衛生的な処理を施されて、パンジム、マルマゴア、マルガオ、ポンダの四つの都市に送られている。私たちがゴアの生水を飲むのを恐れる必要が無いわけが分った。

もっとも、水源池見学は、私にとって特に面白かったということはない。ただ、そこへの行きかえりに、私はナイク氏といろんなことを話した。

ナイク氏は三十五、六歳かと思えるが、リスボンの大学で六年学び、そのあと国連の援助で米国のノース・カロライナ大学に一年留学し、そこで水道関係の技術者として一人前になってゴアへ帰って来たのだ。ノース・カロライナ大学では、一人の日本人留学生と一緒だったという。彼の下で、今、インドの大学を出た三人のゴア人の技術者が働いている。私たちは、国連というと、国際紛争の調停の仕事ばかりが印象に強いが、別の面のその活動が、ゴアの市民に安全ないい水を飲ませ、疫病を少なくする、そういう結実をしているということを、今更ながら知った。

いい人に逢った。私はいろいろ訊ねたいことがある。水源池からの帰り、途中の店で冷やしソーダを飲んで休んだ時、話の穂をつかんで、

「ゴアがポルトガルの植民地として残っていることを、あなた方ゴア人はどう考えているだろうか?」と私は質問した。

ナイク氏は、「おいでなすったね」という顔をして、ニヤッと笑った。そして暫く黙って考えていたが、

「あなたはそのことをどう思うか?」と、逆に質問して来た。

私は、ゴアの事情はまだよく分らないが、ゴア人の生活水準は一般的に云って、印度のそれよりも高いように聞いている、そのせいか、ゴアの人たちはポルトガルの支配からの離脱とか、独立とかいうことを、あまり本気で考えていないような感じを受ける、しかし今はそうでも、植民地というものが世界中から次第に姿を消しつつあるこの時代というも

のを考えると、ゴアもいずれは、——そう遠くない将来に——印度に還る時機が来るのではないだろうかと、そういう意味のことを云った。

ナイク氏はまた、ちょっと思案していたが、

「あなたの考えは、多分正しいだろう」と云った。「しかし、あなたも云う通り」と彼はつづけた。「ゴア人の生活は、特に第二次大戦後、非常に改善された。ゴアにいるポルトガル人たちは、皆いい人たちで、英国が印度で行なったような搾取《さくしゅ》や圧政を、私たちは受けていないし、ポルトガルの軍隊は全部職業軍人と雇われ兵だから、われわれは兵隊に狩り出されることもない。ゴアではカースト（印度古来の階級制度）も消滅しつつあって、カースト間の結婚が、かなり広く行なわれるようになって来ている。一方、印度には、未解決の問題がまだまだたくさん残っており、現在大部分のゴア人は、ゴアの印度への復帰を望んではいない。先年のゴアの暴動も、ほとんどが印度から潜入して来た人々のやったことだ。私たちは、ゴアに住んでいて、植民地的感じ（コロニアル・フィーリングと云った）というものは、ちっとも持たない」そう云った。

「成程。——ところで、こういう場所で、こういう政治的な問題を論ずることは、ゴアでは危険か？」と私は訊いた。

「危険な場合がある」とナイク氏は答えた。

私たちは、それでその話を打ち切った。「危険な場合がある」という以上、ナイク氏が

どれだけ本音を吐いていたかは多少疑問だし、ナイク氏の地位ということも考えなくてはならないが、彼はそんなに事実を曲げたことは話していないという気がした。

もっとも、印度と比較したゴア人の生活水準如何《いかん》ということは、私には難題である。チョーグリ商会あたりで働いている普通の事務職の人の給料が、大体百二十ルピー（九千円と少々）、アントニオのような運転手が百五十ルピー（一万一千円）、鉱山で鉄鉱石の選鉱をやっているゴア人の女の日給が二ルピー（百五十円）。ゴアの事情にも印度の事情にも明るい日本人の話では、

「ゴアを見て、印度を推察したら、それはとんでもない間違いですよ」ということだが、ミッドフォード夫人によれば、

「生活水準は、ほぼ印度と同じ。非常に貧しい」そして、ゴアの印度復帰を妨げている最大の原因は、住民の約半数を占めるカソリックの信仰だという。

私は印度を見たことがないのだから、何とも云い兼ねる。

しかしこのほかにも、私はナイク氏とアントニオに頼みたいことがあった。それは、彼等の——彼等でなくてもいいが、ゴア人の家庭生活を見せてほしいということだった。

別の日に、町でアントニオに逢ったので、そのことを切り出し、

「君の家を訪ねていいか？」と訊くと、アントニオは、

「いい」と云ったが、その顔にありありと当惑の色が浮かんだ。彼は新婚早々で、私たち

には並々ならぬ好意を示してくれているのだし、その当惑は何故か分らなかった。

あとでナイク氏に逢って訊くと、ナイク氏は、

「アントニオは実は、不幸な結婚をしている。彼の妻は精神的に障害があるのだ」と云い、私の希望に対しては、何とか考慮してみると云ったが、

「私のうちは、父親が病気で寝ているから」と、自分の家庭を見せようとは云わなかった。私はまたアントニオに悪いことをしたと思った。そうしてゴア人の家庭を見る機会は、その後も結局つかむことが出来なかった。

一度、先に書いた椰子酒を御馳走になった部落で、貧しい壺焼きの家の中をちょっとのぞいただけである。

その家では、主人だけが寝台——と云っても、木の台にござを一枚敷いただけの上にやすみ、あとの家族たちは、天井に小さな引窓が一つついた暗い、室《むろ》のような熱い部屋の土間の上に、アンペラをじかに敷いて寝るようであった。台所も、土間の上にじかに火が燃えていて、カレーの入った黒い鍋がころがしてあった。そしてその家の人々は、カソリック信徒であった。

ゴアの汽車・虎の棲む山

一九五五年の暴動の前までは、ゴアと印度との間には、国境を越えて直通列車が運転さ

れていた。お互いの人の往き来は、かなり自由であったらしい。

現在では、ミッドフォード夫人の御主人が勤めるこの西部インド・ポルトガル鉄道の列車は、国境の十五、六キロ手前のコレムという駅で行きどまりである。

線路はマルマゴア港に始り、ヴァスコ・ダ・ガマ、マルガオを経てコレムまで約八十五キロ、その先にもレールは敷かれていて国境へ通じているけれども、列車の運行はしない。

これがゴアで唯一の鉄道で、首府のパンジムには鉄道の駅は無い。旅客列車は、朝と昼と夕方と、一日三往復のサービスである。

私たちは、マルガオ発午前八時二十三分の一番列車で、ゴアの鉄道試乗と、国境訪問、並びに虎の棲む山の探検に出かけることにした。僅か八十五キロの鉄道だが、御丁寧に一、二、三等の三階級制で、マルガオの駅には、三等出札口と一、二等出札口とがある。

私が荷物を提げた鼻リングの小母さんたちのうしろについて、三等出札の行列に立っていると、世話焼きがいて私を引っ張りに来た。「お前の切符を買うとこはこっちだ」と云う手振りをして、一、二等の出札口へ連れて行こうとするのだ。

私の方も身振りで、「三等に乗りたいんだから、これでいいんだ」と云うけれども、何度でも、あっちだあっちだと教えてくれる。外国人は三等には乗らないものとされているのかも知れない。

やっとコレムまでの黄色い三等切符を手に入れて、フォームに出て待っていると（改札はやらない）、やがてこの日の一番、七分おくれのコレム行各等鈍行、九八四列車、通称P5列車が入って来た。

森林鉄道というか、西部劇の汽車というか、馬のいななくような甲高い古風な汽笛を鳴らして入構して来る。機関車は無論蒸機で、導輪二軸、動輪四軸、後軸ナシの、煙突の低い英国製だ。ギイギイ云って停車すると、二等車から警乗のポルトガル兵がばらばらと飛び下りて来、フォームの乗客たちは、みんな三等車に乗り始める。

停車中に見て歩くと、列車は鋼鉄製の貨車のような、チョコレート色に塗った九輛編成で、二等車の中には、警乗兵しかいない。一等車の中は、完全に誰もいない。その一等車というのが、煤だらけのレザー張りの暗緑色のシートで、日本の国鉄の三等車より粗末な代物である。郵便室の所だけは、赤く塗ってある。

私たちの三等客車に戻ると、箱の中はベンチ式の木の椅子が縦に三列に並んでいて、WIPRは一メートル・ゲージ（日本の狭軌よりも狭い）だから、可成《かな》り窮屈だ。しかし客はそんなに混んではいない。

腕木シグナルが下がり、馬のいななくような汽笛を鳴らして発車する。乗り心地は甚だ香《かん》ばしくない。時速三十キロほどで、「ビンボーガイシャ〳〵　ビンボーガイシャ〳〵」と云って走る。ほんとにそう聞える。

白服にヘルメットの、町のおっさんみたいな男が切符を切りに来る。これが車掌だ。ポルトガルの警乗兵は、みんな黒人で、これものんきなもので、私たちに何か見せに来た。何処で手に入れたのか、それは五十セントの古い日本の軍票だった。「日本政府はこの紙幣に対し支払を保証する」と印刷してある。政府を代表して遺憾《いかん》の意を表そうかと思ったが、言葉が通じない。黒人兵というと、私たちは普通、色の黒いアメリカ兵しか頭に泛《うか》べないが、これはポルトガル領アフリカから連れて来られた黒人で、英語は出来ないのだ。

この連中は、全くのんびりしていて、私たちがチョーグリ氏のクライスラーで街道を走っていると、誰かポルトガルの高官かと思うらしくて、あわてて敬礼する。私は無論答礼することにしていた。

しかし、黒人兵を含むポルトガルの兵隊たちとゴアの市民との間には、いざこざは全く無いそうだ。

沿線の景色は別に変ったことも見あたらず、ただ、丁度日曜日で、そこかしこの大小のカソリック教会にお詣りに行く、白いヴェールをかぶったゴア人の女たちの姿がたくさん見える。

野生の睡蓮《すいれん》の沼に水牛がつかっている。牛糞を切り藁《わら》とまぜて団子にしたものを、天日に乾しているのが眼につく。燃料にするのだ。

やがて三つほど駅を過ぎて、九時四十七分、終点のコレムに着いた。

駅を出ると、そこは人家もたくさん無い殺風景な村だが、たまたま猟銃をかついでやって来る三人のゴア人に出あった。夜、山へ猟に行って今下りて来たところだが、収穫は無かったと云う。

「どんなものを撃つのか？」と訊くと、

「虎、象、野牛、鹿など」とことも無げに云って、あすこに見える国境の山が猟場だと教えてくれた。そう云われて眺めると、それは成程、虎の棲む山のような気がした。

狩人たちと別れて、コレムの村の中へ入ると、警察のまわりに鉄条網を張りめぐらしてあるのが、いくらか緊迫した感じを与える。タクシーを雇おうと思うのだが、タクシーは一台も見あたらず、村の人とは言葉も通じない。そのうち、「英語の話せる人がいるから」と連れて行かれたのが、警察署長の官舎であった。

ゴア人の署長は昼寝でもしていたらしく、急いで制服の上衣に腕を通しながら出て来た。

「何の目的で国境へ行きたいのか？」と、但し極《ご》く友好的な口調で訊ねられた。わけを話すと、

「タクシーはいないし、いてもタクシーでは入れない。そういうことなら警察のジープを提供してあげてもいいのだが、生憎《あいにく》今日はパンジムへ出かけて行ってしまった。歩いて三時間ほどだが、歩いて行くなら道を教える」と云う。

虎や象は人間とちがうから、ゴアと印度の国境を自由に出入りしているらしいが、お眼にかかれるのは、大抵夜だそうだ。カクさんも私も、虎の棲む山に一晩車中で野宿して、

虎に自動車の屋根を引っかかせてみたいぐらいの弥次馬根性は持っているけれども、車が無くては仕方がない。この炎暑を往復六時間の行軍は虎よりおそろしく、とてもたまらない。あきらめることにした。

礼を云って署長の官舎を出る時、その家の土間の部屋に、宮島の赤い鳥居を描いた日本のすだれが掛っているのが眼についた。

そういうわけで、虎も象も見そこない、ゴアで私たちの見た動物と云っては、豚、羊、水牛、鳥と、およそありふれたものばかりであったが、M組の人の話では、山から持って来た埋立用の土の中にさそりを見つけることがよくあるそうだし、時々コブラも見るということである。

落成式

そうこうするうちに、四月十四日、鉱石積出し機械の落成式の日がやって来た。カクさんと私のところへも、チョーグリ商会から立派な招待状が届いている。マルマゴア港の、第六バースの横には、大きなテントがけの式場が出来た。

——ゴアの鉄鉱石は、品質においては必ずしも世界第一級の物ではないそうだ。しかし鉄鉱石は、どんなに品位の高い石でも、半分は泥で、あまり遠い所、たとえば南米から、高い運賃を払って泥を運んでいたのでは、採算が取れない。

製鉄原料の九十パーセント以上を輸入に頼らなくてはならない日本の鉄鋼業界は、今年度の鉱石輸入計画量九百五十八万トン、五年後には約千六百万トンの鉄鉱石を、出来るだけ近い、立地条件のいい所で確保して置く必要がある。それに失敗すれば、日本の熔鉱炉の火が消えてしまう。

それで、ゴアの大きな鉱山持ちのチョーグリ氏との間に、数年がかりで話が進められ、それに並行して、日本人技師による鉱山の開発と機械化も進められ、現在全輸入量の十七パーセントをゴアで確保出来るという見通しがついた。

ゴアは日本から近いとは云えないが、他の土地で山から港までの輸送距離が、二百マイル三百マイルという所が多いのに反し、此所だと最も奥地の鉱山からでも陸路十五マイル、そしてマンドビ河その他の水運の便がある。これがゴアの、鉄鉱石供給源としての最大の強みだということだ。

それから、鉱石の輸出、鉱山の開発に関して、ポルトガルの官辺は少しもむつかしいことを云わず、話の分りが早く、港の使用料も安い。ただ一つ不都合なことは、マルマゴアの港まで運んで来た鉄鉱石を、貨物船に積み込むのに、ヨイトマケに毛の生えた程度のやり方で積んでいるために、甚しく能率が悪い。一日九百トンも積めたら大成功の部類で、モンスーンの時期が来て沖積みが不可能になると、旧式な港の中は、荷待ちの鉱石用貨物船が二十杯も三十杯も滞《とどこお》って、観艦式のような情景を呈する。

この隘路《あいろ》をひらくために、大がかりな鉱石積出し施設の必要が起り、ポルトガル政府の諒解と保障の下に、日本の鉄鋼三社が融資し、日本のS機械がチョーグリ商会の為に組立てたのが、この日落成式の行なわれる機械群なのであった。

ゴアに眼をつけている国は、日本以外にもたくさんあって、積出し機械の建設でも、ドイツ、イタリー、オランダの三国が日本と競合したが、日本が勝った。そして日本は、鉄鉱石に関する限り、ゴアで他国に一歩を先んじることになった。

私が起重機の大きいような物だろうと想像していた鉱石積出し機械は、港の岸壁に沿って蜿蜒《えんえん》三百メートルにわたって組み上げられた赤塗り鉄骨の、ベルトコンベヤー、クレーン、バケット等々、壮大な機械の群落であった。鉱石運搬のダルマ船から摑《つか》み上げられた赤い石は、一部はベルトコンベヤーの上へ落し込まれ、一部は貯鉱場に運ばれ、貨物船のハッチの中へ突き出したローダーの筒先から、今後は二十四時間絶え間なく積み込みが行なわれるようになる。

今まで五百トンから九百トンまでの能力しか無かったものが、これからこの機械が調子を出してくるにつれて、一日の積込み量一万トンまでの力を発揮する予定だそうで、この種の設備としては、スエズ以東最大のものだということであった。

そして、これら機械の中には、ゴアの山から出た石が、鉄になって一部お里帰りをして来ているのがあるのだ。

当日——その朝入港したN汽船のT丸という鉱石運搬船が、第六バースの機械のそばに横付けになり、式場には赤いテーブル・クロースをかけた雛壇が設けられて、天幕の内には万国旗が飾られ、緑色のオートバイに乗って緑の肩章をつけた護衛に前後を護られ、ポルトガルの総督夫妻と、この日のためにわざわざ本国からやって来たポルトガル政府の海外省次官がものものしく到着する。

総督と次官につづいて雛壇に上ったのは、チョーグリ氏、それからK工業の社長ほか日本側が三名。こうして鉱石積出し機械の落成式は始った。

ゴアの人間はよっぽど普段退屈していると見えて、この日この式と、そのあとチョーグリ商会事務所での祝宴とに、招待状を出して欠席が一枚も無かったというぐらいで、(ナイク氏も、本屋であった娘さんも、ミッドフォード夫妻も、皆来た。)さしも大きなテント張りの中も、千人近い参列者でむんむんと熱気に人いきれがしている。テントのまわりは、近所のはだしのゴア人の老幼男女やT丸の船員たちが、ぐるりと取り巻いている。

何の光栄か、私は日本側一行の一人として前から二列目の上席を与えられているために、風が全く通らない。夏背広にネクタイの正装ではあるが、とにかくきちんとした服装をしているので、水を浴びたように汗が流れる。

式はチョーグリ氏の挨拶で始ったが、これが挨拶というより大演説で、田舎の法事のお経が長いように、おそろしく長い。チョーグリ氏は、この日、名実ともにゴア第一の鉱山王になるわけで、「大番」のギューちゃんを黒焼きにしたような身体つきに極めて神妙な顔をして、大熱弁をふるっているが、内容はよく分らないし、熱さはハンカチで拭ったりあおいだりしたぐらいのことでは、とても追っつかない。次第に熱射病になりそうな気がして来た。

長講実に四十五分、やっとチョーグリ氏の挨拶が終ると、そのあとポルトガル総督、海外省次官、日本側の代表たち、WIPRの代表の英国人などの挨拶がつづく。つぎつぎと、いくらでも続く。

私はポルトガル語が全く分らないし、日本人の英語は下手糞で分らない、英国人の英語は上手過ぎて分らない。要するに何にも分らない。ただ暑い。

何の因果でこんな所へ来たのかと、情なくなって来た。この、身体の底から蒸し上げられるような暑さは、どこかで経験したことがあると思って考えてみたら、それは夏のさかりに御殿場線の蒸汽機関車に試乗した時の暑さであった。

私は露骨に舌打ちをしたり、隣の席のカクさんに、

「いやになって来た」とささやいたりしたが、カクさんは、

「こういう場所でそういう態度をするのは国辱ものですぞ」と云わんばかりのこわい顔をして、国会の開会式の天皇陛下のように、膝にきちんと両手を置いて、行儀よく瞑目している。もっとも彼も、演説の内容は、どうせ分っていやしない。

やっと二時間近い演説の大饗宴が終ったあと、ポルトガルの海外省次官から、日本のK工業社長W氏と、チョーグリ氏と、もう一人のゴア人とに、ポルトガルの勲章が授与された。三人とも土佐犬の首環のような具合に、首に勲章をかけてもらった。めでたいことにはちがいないが、勲章——これも、率直に云って私には、あんまり興味がない。

やれやれどうやらこれで済んだかと思った時、不意に、空襲警報のようなサイレンが高々と鳴り始めた。熱さと眠気がふっとさめたような気がした。

ポルトガルの次官が、卓上のボタンを押したのだ。

午後六時三分——。強いゴアの西日に照らされて、高々と鳴り続けるサイレンの響の中に、三百メートルに及ぶ赤い機械群は、既に濛々《もうもう》と鉄鉱石の砂塵をあげながら動き始めていた。場内の人々は総立ちになった。

クレーンは石をがっしりとつかんで、バケットの上まで旋回して落し込む。ベルト・コンベヤーは、轟々とうなりながら、それをローダーの方へ運んで行く。船のハッチの中へ突き出したローダーの口から、それが絶え間なく吐き出されている。

カメラを持って、T丸のデッキの上へ走り上ってみると、ローダーの筒先から落ちこむ赤い石の山から、赤い粉が一面に舞い上って、さながら別府の血の池地獄のような景観である。

日本から海路九千五百キロ離れた、アラビア海に面するポルトガル領の港で、日本人の組立てた、日本製の巨大な機械が、日本に製鉄原料を送るために、こうして今、正式に活動を開始した。

暑さと、長い演説とに閉口し、退屈し切っていた私にも、この光景は、少なからず印象的であった。

船出

私には、ゴアでもっとよく見て置きたいものもあるし、見たもので書いて置きたいこともある。

その一つは、アルキーボとよばれる古文書館で、ヨーロッパの古い都市には、どこにでも、公けの手で古い史料を蒐集管理しているこういう古文書館があるそうだが、ゴアにも、パンジムの町にそれがあった。

石造の、小さな図書館のような建物の中に、金箔つきの贅沢な革表紙で製本された、無慮幾千冊もの古い文書が、この暑熱によく耐えたものだと思える程、立派に保存されていた。出て来たゴア人の事務員に頼んで、試みに一冊を抜いて開いて見せてもらうと、水を混ぜたような薄いセピヤ色のインクで、ポルトガル語が、何かぎっしりと書きこんであった。

私にとっては、完全に猫に小判であったけれども、この中には、無論、天正の遣欧少年使節に関する記述をとどめる古文書もあるはずで、専門の学者にとっては、おそらく垂涎《すいえん》おく能《あた》わざるものであろう。

それから、ビルディング・ストーンとよばれるラテライトのこと。ラテライトは、英語の辞書を引くと「紅土」と訳が出ているが、鉄の水酸化物とアルミナの水酸化物の結合したやわらかい石、固い土塊のような物で、ゴアの家々は、ほとんどすべて、このラテライトで築かれたものである。色は、鉄鉱石と同じく、赤褐色をしている。

畑の中や、道に沿う野の中に、この建築石材を露天掘りで切出した跡が、古代文明の遺跡か何かのような形を呈しているのを、私たちは時々見かけることがあった。

——そのうち、私たちに出発の日が来た。

貸切の飛行機で一緒にゴアへ入った商社関係の日本人たちは、大部分、落成式のあった翌々日、ポルトガルの海外省次官と一緒に、カラチ経由、空路帰国の途についたが、カクさんと私とは、無銭旅行の趣旨に副《そ》って、その人々を見送ったあと、鉱石運搬船のT丸で帰るのである。

T丸は、カクさんなどより年上の、船齢三十五年、船としては大変な婆さんで、大正の末年に英国のグラスゴーで建造され、戦後日本が買い取ったのだが、晴れの落成式の花形には少々ふさわしくなかったかと思われるような、はげちょろけの老朽船であった。昔の絵ハガキにある「汽船」の恰好をしているから、西洋骨董を見るような趣が無いことはないが、船価はもう、スクラップの値段に近くなっているらしく、いずれ近い将来には、ハッチに積んだ鉄鉱石と一緒に、熔鉱炉の中で熔かされてしまう運命にある。エンジンもレシプロといって、旧式のピストン式エンジンで、速力は平均八乃至九ノットしか出ない。川崎のN鋼管のバースまで帰るのに、二十四日を要する。

まことに長い長い船旅で、実は今度の旅行で一番日数を費したのは、この帰りの貨物船の旅であった。

カクさんと私とは、滞在中私たちに親切にしてくれたチョーグリ氏やナイク氏やミッドフォード夫人のところへ、別れの挨拶に行った。ミッドフォード夫人は、T丸出港の時には、山の上の城砦のところへ出て、手を振っていると云っていた。

町を歩いていると、私たちの帰国を聞き知ったアントニオが、飛び出して来た。彼は私の手を固く握って、今にも涙ぐみそうな顔をして、

「自分はこんな貧しい人間だが、どうか自分のことを忘れないでくれ」と云った。

アントニオは、カクさんには、

「日本へ行きたい。日本で自分を運転手として使ってくれるところが無いだろうか？」と、真剣な顔をして訊いていたそうだ。

日本人は少なくとも目下のところ、ゴア人一般に、いい印象を与えているらしく、その照りかえしが、アントニオの言葉のようになって、私たちにまで及んで来るらしい。

それからもう一人、誤解は誤解でも約束は約束で、私たちは例の、「バナナ・ボックス」の乞食少年にあいたいものだと思った。一方的な約束ではあるが、とにかくバナナをたくさん買ってやろうではないかというので、出発の前日も、出発の日も、町で探したが、遂にバナナ坊やは見つからなかった。

荷物をまとめ、船中の食糧に買ったマンゴーやバナナや葡萄酒をさげて、私たちはT丸に乗船した。船客は私たちだけで——というより、船客など乗せたことのない船で、私たちは珍しがられ、一人一部屋ずつスペアの船室を与えてもらう厚遇を受けることになった。

四月十七日の、午後四時八千トンの鉄鉱石を積み終ったT丸は、マルマゴア港の第六バースを静かに離れ始めた。WIPRの機関車に劣らない程度に古風な汽笛が、どもりどもり港の中に鳴りわたった。

錨が上り、もやい綱が引きこまれ、タグ・ボートが離れ、船は港の風景が広く見渡せるところまで出て来る。チョーグリ商会の三階建の建物が見える。

その時、港のうしろの山の上、黒い城砦の前に、白い服を着た大小三つの人影があらわれた。ミッドフォード夫人とその子供たちであった。眼鏡で見てみると、しきりに手を振っている。私たちもブリッジのわきに立って、大きく手を振った。

夫人と二人の子供の姿は、それが一つの白い点のようになるまで、船が岬を廻り切る直前まで見えていた。

こうして、私たちの長い船旅が始った。

航海ノイローゼ

T丸はN汽船にチャーターされている不定期船で、乗組員はT漁業会社の所属、本職は鯨とりである。

みんなもともと、冬は南氷洋の捕鯨に、夏は北洋の鮭鱒漁に、文字通り南奔北走している、飾り気のない愉快な人たちだ。

しかし、船は老朽で船脚はのろい。娯楽設備は一切無く、女気はもとより、売店もバアも映画も無い、冷房装置も無い、単調極まる暑い航海である。それは一種、収監生活に近いようなもので、一日二回、計八時間の当直に立ちながら、何ヵ月もの間こういう外国航路の貨物船に乗っている船員の生活は、マドロスの何とかというような流行唄の感覚で推しはかっては非礼にあたろう。お互いに他人の分をおかさず、気持のバランスを取って、とにかく愉快そうに、元気に暮らしているということだけでも、充分感心していいことだ。

私たちにとっては、それでも片道だけ、これが一回かぎりの航海なのだが、時が経つにつれて、私にもその単調さがだんだん身に染みて来るようになった。

食事は、昔とちがって、今は船長もなりたてのセイラーも皆同じ物を食べる。ただ食堂だけは別で、私たちは船長や機関長や事務長と一緒にサロンで食うのだが、朝八時、昼正午、夜五時の三食、お世辞にも美味いといえない粗末な料理で、外食券食堂の飯のようだから、食の方の楽しみも殆ど無い。

米は熱帯の航海で蒸れて、匂がする。乗船直後は、ゴアのぽろぽろのうじめしから、ともかく日本米に変ったので嬉しく思ったが、すぐ鼻について来た。

うまい鮨、うまい牛肉、飯の上にかつおぶしをかけて黒い海苔をのせて、醬油のしみた白米の弁当——、カクさんと私とは、戦争中のように、始終そういう食い物の話をしては、「ああ、食いたいなあ」と、手を振って二人で叫び合った。せめて美味い葡萄酒でもというので、ゴアで仕入れて来たポルトガルのワインの口を開けてみると、これが古過ぎて、酢になっている。その葡萄酒を海へあけていたら、酒好きの機関長が見とがめて、眼の色を変えて、

「何をするんですか」と寄って来たが、酢になっていては仕方がない。

士官室文庫に備えつけの本を、片っ端から読むのだけが唯一無二の楽しみで、ほかにすることがないから、二、三日無精髭を剃らなかったついでに、私は口髭をのばし始めた。今どき小説家の口髭など流行らないが、これが一人前になった時には日本に着いているだろうという考えである。

それから、ノートに逆暦を作った。毎日午後四時（ゴアを出港した時刻）が来ると、「カクさん、消そう」と云って、二人でその日を黒く丁寧に塗りつぶし、あとに残った日数を眺めて二人で嘆息するのである。

自分では気づかずに、少しずつノイローゼ気味になって来ているようであった。私はカクさんの顔を見れば何かと不平、我儘を云うようになった。

それは、要するにこの企画は少し馬鹿げていた、編集部の口車に乗せられて、とんでもない旅行に連れ出されたものだ、二度と再びこういうおつき合いはお断りする、何のために一と月近くもかかって苦しい船旅をして帰らなくてはならぬのか、ああたまらない、馬鹿々々しい――というようなことで、

〈俺は今、非常に勝手なことを云っている。たまらないのはむしろカクさんの方だろう〉

と、頭では思うのだが、それに少しも抑えがきかないのである。

カクさんの方は、閉口すると、時々船室のドアをロックして、私がノックしても、寝たふりをして返事をしなくなった。

船は十日目に、油補給のため、シンガポールへ入港する。シンガポールには、日本航空の定期便が来ている。日航で飛べば、次ぎの日には東京へ着ける。私はとうとうカクさんを口説き落して、東京の編集長あてに、シンガポールから飛行機を利用させてほしい旨、電報を打ってもらった。

しかし、東京の方では、誰もノイローゼになぞかかってはいない。

「ユキハヨイヨイカエリハツライ。ケイカクトチユウホウキハザンネン。ショシカンテツサレタシ」といういやがらせのような返電が入り、要求は却下された。私は不平倍増、「ヘンシユウチヨウヲウラム」とすぐ打ち直すなどと云っていたが、今考えると笑い話、その時はしかしあんまり笑い話ではなかったのだ。

もっとも、ノイローゼ患者は、船中ほかにもいた。生《き》ッ粋《すい》の船乗りたちはそんなことはないが、T丸のドクターが少しおかしいのである。聞けばこの船での航海は初めてで、身辺に何かショッキングな事件があった人らしいが、熱帯の海のまん中で、部屋の扉を厳重に二重にロックして、食堂へは一度も出て来ない。

注射を頼むと、注射器を消毒せずに注射するとか、薬を貰いに行くと、「会社の経済が持たないから」と云って、丸薬を一粒だけくれるとかいう噂があり、そのうち、この船医が、夜半に口紅を塗って船内を、下駄の音を立てて徘徊しているのを見たという者が出て来た。

船齢三十五年のT丸、何も怪談めいたことは無かったが、このドクターだけは、少々怪談じみていて、ノイローゼ気味の男が頭の変な医者の厄介になるのでは、洒落にもならず、健康にだけはよっぽど注意しなくてはなるまいということになった。

魚釣り・船中水族館

T丸の航海で、スポーツがたった一つだけあった。

それは、船長が網元で、船尾から流している鳥の羽毛の擬似鈎《ぎじばり》で魚釣りをするのである。これは、船脚ののろい余慶であって、十二ノットも十五ノットも出る優秀船では、こういう乙《おつ》な遊びは出来来ない。

船尾からはもう一本、ボースン（水夫長）網元のロープが流してある。かかる時には、これへ大きな奴が二尾、同時に来る。

一体に、島影が近く、陽が曇り加減で、海が適度に波立っているような日が条件がいい。二日も三日も、全く魚のかからないこともあるが、大漁の日には、一日で十数尾釣り上げることもあった。

私も二十四日の航海中、四、五百匁から一貫目くらいのまぐろを計五尾、かつおを計三尾釣った。

カクさんと私とにはウォッチ（当直）の義務が無いので、サングラスをかけて船尾へ出かけ、印度洋の、或いは南シナ海の茫洋《ぼうよう》たる海を眺めながら、根気よく一日中魚のウォッチである。

いつ来るかは分らない。突然ロープがピンと張り、泡立つ航跡の中へ消えていた綱の先が、水しぶきをあげ、銀色にはね上る。

「それッ」というので綱をたぐると、魚は背びれを光らせて水上を滑走して来、また、忽ち懸命な力で海の中へもぐり、するとロープの切れそうな重い手応えがあり、やがて再び、耐えかねて水上に躍り上り、そうしてじわじわと近づいて来る。時々、手もとまで来て、針がはずれ、魚は身を躍らせて海中に逃げてしまうこともあったが、かくして、無念の形相物凄く、口をぱくぱくさせながら、船尾の甲板へどたりと抛《ほう》り出された大きな獲物は、その晩の私たちの食卓を、刺身やバタ焼になって賑わせる。

一度大漁の日に、コックがかつおをおろして乾して、何本も素人づくりの鰹節を作ってくれ、これはカクさんと私とが日本への土産にした。

まぐろとかつおのほかに、目の下三、四尺のしいらという頭の四角な大きな魚の釣れることもあった。魚の釣れた日は、船長以下みんな御機嫌で、食卓の話がはずむ。

しかし、魚のかかりそうもない日には、私たちはへさきの水族館へ出かける。つまり、船首の鉄板の上に腰を下ろして、脚を海の上へ突き出して、海の生物を眺めているのである。

飛魚は、毎日二六時中見えた。飛魚にも、いわしぐらいのから、大きな鯖ぐらいのまでいろいろあって、水中からぐいぐいぐいと泳ぎ上って来て、パッと飛び立ち、十メートルも飛んで潜ってしまうのもいれば、幾度も尻を波にかすめながら百メートル以上も、長く飛びつづけるのもいる。

マラッカ海峡に入ると、海の色が緑色に変り、水族館は頓《とみ》に賑かになった。縄のような、気味の悪い海蛇が泳いでいる。蟹が脚をひらひらさせながら沈んで行く。大きさも形もピアノの椅子そっくりの赤銹《あかさ》び色のくらげが、二匹抱き合って、暢気そうに水面下僅かなところに浮いている。豆粒ほどの、くらげの赤ん坊もいる。流木や椰子の実も流れている。

不意に、いるかの群がやって来ることもあった。

いるかは魚とちがって、動作に何か表情があり、愛嬌がある。多分家族づれだろう、五匹も六匹も、あとになり先になり、水中に躍りあがったり、身をくねらせてもぐったりしながら、船のへさきのまん前を、船と一緒になって走っている。

せっかくシンクロナイズド・スイミングみたいなことをやって見せてくれているいるかに、何か御馳走しようというので、食堂へ食べ残しの魚など貰いに行くと、見物衆がいなくてはつまらないと思うのか、大抵その間に姿を消してしまっていた。

南十字星

時々船に行きあう。特に、印度の南端に近づいた時と、マラッカ海峡に入ってからとは、各国各航路の船舶が寄り集まって来るので、船影を見かける機会が多い。

行き逢う船を反航船といい、同じ方向に走っている船を同航船という。高峰秀子夫婦が乗って帰ったフランスの美しい客船ヴェトナム号が欧州へ帰って行くのにも逢った。眼鏡で眺めながら、あの船には美味いものがたくさんあるのだろうなと、羨しく思ったものである。

T丸は、ゴアからシンガポールまでの間に、漁船を一隻追い越しただけで、あとの全部の同航船に追い抜かれた。その中には、日本の船も英国の船もアメリカの船もスエーデンの船もいた。船尾の方角はるか彼方に、同航の小さな船影を認めると、それから何時間か後に、いつかその船は、船首の方角はるかに音も無く消えて行ってしまう。

夜はそれらの船が、よく発光信号で、船名と行先とを問合せて来る。別に大した意味はなく、当直士官たちの暇つぶしであるらしい。こちらも発光で答える。そうして互いに、「ボン・ボワイヤージュ、グッド・ナイト」と打ち合って別れるのが例のようであった。

こうして逆暦の日が十日塗りつぶされて、T丸はシンガポールに入港した。

途中T丸の寄港地はここだけで、それも沖合のブクン島という島に着けて、五時間ほど掛って油を取るだけであるが、船長と事務長の好意で、カクさんと私とは、特別にランチでシンガポールへ上陸させてもらい、慌しく市内一見、中華料理を食い、熟した美味いマンゴーを買いこんで帰って来た。

事務長は、シンガポールで他の食糧と一緒にビールを沢山仕入れ、ここからビールが豊富になった。日本のキリン・ビールで、税無しだから、大瓶一本が七十円ほどで、日本製でありながら、日本の半値に近い。

それからシンガポールを出て数日後の晩、私がデッキ・チェアに寝そべって夜の海を眺めていたら、不意に電車が衝突したような音がして、船中闇になった。発電機がこわれたのである。船に乗っていて停電の憂き目にあったのは初めてであった。間もなく、もう一台の発電機が動き始めて電気がついたが、聞けばこの方も、どうも調子が思わしくないという。機関長はすっかりくさってしまった。

船長や二等航海士は、

「なに発電機が駄目になったって、そこはレシプロの有難さで、メイン・エンジンは大丈夫ですから、心配なく日本へ帰れますよ」と云ってくれるが、発電機が駄目となれば、ジャイロ・コンパスがきかなくなる、無電も、蓄電池に切替えるにしても一応とまる、冷蔵庫も駄目になるから生鮮食料は全部腐る、あと二週間、握り飯と沢庵で頑張らねばならぬことになるかも知れない――、どうもいよいよ大変な航海になって来た。

舷灯航海灯も消えるから、それこそ西洋骨董めいた英国製の立派な石油ランプの航海灯が、倉庫から持ち出されて、ブリッジのわきに飾られた。

船長は、

「どうも、こういう船に乗っとると、乗っとる人間まで馬鹿のように見えて来ましてなあ」と笑っている。乗組員たちは、本職の南氷洋捕鯨に行けば、漁獲量によって歩合金が出るので、こんな船に配乗されてゴア通いをやっているのは、給与の面でも大層損なのだが、誰もあまり不平を口には出さないようであった。

天候はしかし、モンスーンの時期の前だから、時々スコールが来るだけで、日本近海に来るまで概《おおむ》ね平穏で、毎晩南十字星がよく見えた。案外小さな星座だ。

事務長から、本物の十字星の西に、一とまわり大きいにせ十字星がいることを、私は教えられた。南十字星にもニセモノがあるというのは、何となく愉快である。

もっとも、南十字星という星座は、歌謡曲的感傷のよすがにはよかろうが、帰心をいだいて、海路南から日本へ向かう船員や旅人には、あんまり有難いものではあるまい。何故なら、これが見えている間は、まだまだ故国は遠いからである。

南十字星がようやく水平線に没し、私たちの視界から消えたのは、台湾の南端鵞鑾鼻《がらんび》を過ぎて、台湾の東海岸に沿って北上し始めてからであった。

帰国

船の人たちは、雑談をすること、駄弁《だべ》ることを「肩を振る」と云う。

「おい、少し肩を振って行けや」という風に云う。

一と晩、二等航海士と一緒に、事務長の部屋へ肩を振りに行って、私は事務長がマンゴーの種で上手に作った珍しい細工物を貰った。マンゴーの種には、金色の毛がふさふさと生えていて、これを乾かし、一部剃り落し、然るべき加工を施すと、捕鯨船団などではとりわけ喜ばれる立派な細工物が出来る。

それから、鯨はほかの哺乳類とちがって、陰部と乳房とがすぐ近くにあることとか、座頭鯨は鯨の中でたいへんな無精物で、女陰のまわりに藤壺をたくさんくっつけて暮らしているとか、太い処女膜が破れないままで胎児を持っているマリヤ様のような鯨を見たことがあるとか、珍しい話をいろいろ聞かせてもらった。

数年前、南氷洋にいた時、T漁業の本社から、

「フケリタケリタノム」という電報が入り、流石《さすが》ベテランの事務長も、これは何のことか分らなかったが、砲手や鯨切りたちは知っていて、つまり、フケリは女陰、タケリは鯨の男根で、この時頼まれた巨大なフケリタケリの一対は、今下関の水族館にあるそうである。

こんな話を私が聞いたのは、T丸がようやく九州南方まで帰って来た時で、私たちはこの辺から初めて、本格的な時化《しけ》に遭遇した。

扇風機もビール瓶も灰皿も、ノートも鉛筆も電気スタンドも、皆ひっくりかえる。風呂に入ると、ウォーター・シュートに乗ったような具合に、風呂の水が斜めにかしいだ。

カクさんは青い顔をして、

「風邪薬を飲み過ぎて胃をこわしたんです」などと云っているが、どうやら船酔いらしく、

毛布にくるまってベッドに入ったまま、食堂に出て来ない。

老齢三十五歳のT丸は、健気に風と波浪とに立ち向かい、正面から山のような波をかぶって、一見、巡洋艦が荒海を乗り切る如き壮絶さだが、脚のおそい悲しさで、実際は波に突っ張っているだけで、殆ど前へ進まない。舷側を見るとしばしば潮が逆流している。玄《げん》翁《のう》で船の鉄板をどやしつけるような音がして、船はその度に、びりびりと震える。ウオーター・ハムマーというのだそうだ。強い波を真ッ正面にかぶると、鉄の手すりが飴のように曲ってしまうことがあるという。

それに、積荷が鉄鉱石で、船があまり傾くと、鉱石がハッチの底で雪崩《なだ》れて、船腹に穴をあけ、船はそのまま復元せず、あっという間に沈んでしまうことがあるそうだ。

日本が見えて来た頃になって、この調子ではいつ横浜へ着けるか、見当がつかなくなって来た。

私たちは、迷惑がられるのを承知で、よくブリッジの海図室へログ（航海日誌）をのぞきに上って行ったが、この頃には、潮の流れを加算しないと、ログで船脚は毎時三浬《ノット》前後に落ちていた。

しかし、時化は三日つづいて、忘れたようにけろりと晴れた。乗組員たちの顔が急に明るくなった。そしてその時は、船はもう、潮岬《しおのみさき》を過ぎて、伊勢湾の南方を走っていた。

一台きりの発電機も、どうやら無事で働き通してくれた。髭も立派（?）にのびた。

夜半に神子元《みこもと》島の灯台と伊豆大島の灯台が見えて来た。それは、どんな旅から帰って来た時よりも感慨深い、非常な嬉しさであったが、一方私は、T丸と別れることにも、なかなか名残惜しいような気持になっていた。

夜があけて五月十一日。城ヶ島、洲ノ崎。久里浜、浦賀が見える。それから観音崎灯台。遠く煙の中に本牧《ほんもく》の岬が見えて来、八時過ぎ、T丸は横浜沖に投錨し、こうして私たちのゴア旅行は終った。T丸が船腹に大事に積んで来た赤いゴアの鉄鉱石は、今ではもう日本中到る所で、自動車の部品や冷蔵庫の扉やレールや庖丁や玩具に化けて、読者の身辺に忍びこんでいる筈である。

二十二年目の東北道

単行本『空旅・船旅・汽車の旅』

「早いものです。あれを書いて頂いた時から二十二年経ちました」

来宅中のカクさんが、ふと昔話を持ち出した。

あれなる文章は若書きだから、読み返せば不備が色々目立つだろうが、旅としてはすこぶる印象深い旅で、艱難辛苦の数々を今もありありと思い出す。当時東北、北陸地方の国道は、全く、想像を絶するひどい状態に放置されていた。車でみちのくを往くなど、車体と人体の耐久試験に等しく、自分たちの手でヨイトマケの地ならしをして何とか進路を開いたり、牛車に通せんぼをされたり、揺られに揺られて全員が次々身体の不調を訴え、半死半生の思いで東京へ帰って来た。雑誌発表の際、編集部がつけた副題は「極悪非道の二千キロ」。

「この極悪非道が五年後十年後、どう変貌するか、いつか又走ってみようとお約束して別れましたが、それっきり実行しておりませんですね」

本日御来宅の趣旨、昔話を持ち出した所以は、二十二年ぶりにもう一度、東北一周の自動車旅行、やろうじゃないですかということらしいけど、往時の青年編集者カクさんも来年五十、私は還暦、今や体力の方が問題である。

「興味はありますがね、やれるかナ」

「やれますとも。すばらしい道が出来上っています。二十二年前とは天地雲泥の差で、未鋪装の区間をさがす方がむつかしいくらいです。もう、あんなに苦しい思いをすることはありません。さらに万全を期して、運転伎倆抜群の二代目スケさんを同行させます」

「しかし、行くとなれば僕だってハンドル握らせてもらいたい。あんまり年より扱いされては困る」

「年より扱いなんかしません。安全でお楽な区間」と言いかけてカクはちょっと狼狽した。

「もちろんあれです、安全でなくとも、何処なりと随時、運転を交替して頂いて結構でございます。恐縮です」

恐縮するには訳があるので、使う予定の車がカクさん個人所有、ボルボ264GLの新車、昔みたいに勤め先から借り出した取材用の中古クラウン（56年型だった）とちがう。なるべくなら人にいじらせたくない。

それでもおいおい話が進み、スケさんだけ二代目に変るが顔ぶれを前回と同じにしましょう、奥さんも是非どうぞと、当家古女房の同行が決り、日取りが決り、かくて季節も前回と同じ秋の末（一九八〇年）、私たちは早朝六時半、横浜市緑区のわが家を起点に出発した。

夜来の雷雨が晴れて、東の空が朱に染まっていた。やがて陽が昇る。東名高速首都高速経由、一時間後に浦和で東北自動車道へ入った。制限一〇〇キロ、運転当番カクさん、七時四十五分、早くも埼玉県久喜のICを過ぎる。二十二年前には、SA（サービス・エリア）とかIC（インターチェンジ）とかいう用語を、誰も知らなかった。大体、本格的な高速道路が日本に一つも無かった。

一〇〇キロ出ている感じはせず、沿線の景色がゆっくり静かに車窓を移って行く。那須の連山か日光か、遠く雪の山が見え、中央分離帯の植込みには、ピラカンサスの赤い実。初め三車線、そのうち二車線に変ったが、東名に較べると交通量ははるかに少い。

「いい眺めですね」

「いい眺めですし、実によく出来た高速道路です」

「だけど」と、ナビゲーター役のスケさんが口を出した。「よく出来た高速道路がこんなに空いてるのに、きょうはどうなさったんですか。ずいぶん慎重ですね。信じられないですよ」

カクとスケとは、十六年前アラスカからマゼラン海峡の先まで、南北アメリカ縦断の自動車旅行をした仲間であって、お互い相手の運転ぶりを鄭重にからかう癖がある。カクさんがちらりと、横眼でスケさんをにらんだ。知命の齢になっても、平素はよほど飛ばしているらしい。

利根川を渡り、右手にピラミッド形の筑波山。

「筑波山は又の名を八面山と申します。どの方角から眺めても同じかたちに見えるからです」と、カクが説明した。「万葉や古今で、つくばねの彼の面《も》此の面《も》にと歌われているのはそのせいです。——ところで、御用はございませんか」

「筑波山にかい？」

「いいえ」

昔は御用があれば適宜車を停めて立小便すればよかったけれど、今、そうは行かない。

「それより、あんたたち朝飯を食べて来たの？」

「大丈夫です」

「大丈夫とは、イエスなのかノーなのか」

「大丈夫です」

大丈夫でなさそうなので、宇都宮の先、上河内《かみかわち》SAで休憩することにした。運転当番以外は水筒のドライ・シェリーを一杯、それと三百三十円のカレーライス。日光おろしの冷気を吸いながら、この朝食は奇妙に美味《うま》かった。

車にもガソリンを食わせ、御用万端すませて本線に立ち戻ると、小雨がぱらつき出し、大きな虹が出た。

「昨夜東京に雷雨を降らせた寒冷前線が北上しています。横風が強いから注意して運転致しましょう」

ょうか、あれ」
「柿が」と、当家の細君が指さした。「鴉にも食べられずにたわわに実ってて。渋柿でし

「はい、渋柿です。奥さん、あの小山を御覧下さい。御飯を盛り上げたようなかたちをしておりますでしょう。ああいうかたちの山は、昔から必ず信仰の対象にされている山なんです」

スケさんが疑わしそうな顔をした。

二十二年前若き編集者だったカクさんは、現在出版社の経営責任者で、大旅行家で、考古学民族学に造詣が深い。何を聞いても知らないとは決して言わない。「物識りカク」の綽名《あだな》があるが、時々まちがっていることもあり、澄まして作り話をすることもあり、別名を「嘘つきカク」という。

嘘つきカクの様々な学問的高説を拝聴しているうち、栃木県が過ぎ福島県が過ぎ、「仙台39キロ」の標識があらわれた。仙台宮城インターチェンジを出たのが十一時二十分、一都五県を走り来たって四時間五十分しか経っていなかった。

日本道路公団仙台管理局仙台管理事務所。

「ええと、あなたが佐藤さんで、あなたも佐藤さんですか」

「ンです。仙台には佐藤姓多ぐて、南料金所なんか七割が佐藤だから、ソーさんとかへー

さんとか、名前で呼んでるス」

道路公団の受託会社、東北道路サービスという企業体があり、大勢の佐藤さんが三百六十五日二十四時間、交替で料金所のブースに立って、通行券を渡したり通行料金を受け取ったりの仕事をしている。平均年齢五十四歳、高速道路建設のため田ン圃を失った農家の人が多く、たいてい孫がある。

東京方面から走って来るトラックの運転手の中には、頭のとろそうな東北のオッサンと見て、落語の「時そば」もどきに、

「ところで今、何時だい」

「仙台駅前へ出るにゃ、どう行けばいいかネ」

釣り銭をごまかす魂胆で話しかけるのがいるそうだ。金勘定をしながら説明しているうちに、十台も十五台も行列が出来、クラクションが鳴る、不平の声が聞える。かあッとなって、五千円札の釣りに八千三百円渡したりして——、これを仲間うちで「ホームラン」と称する。

「近ごろでは、ちょっと待って下さいよって、金数え終るまで話に乗らない基本動作身につけたから、もう騙されねえけど」

福島競馬の帰り客がよろしくない。勝ったのはニコニコしているが、すって来たのが通行券を投げつけたりする。その割合は、当然投げつけ型の方が多い。自動車が高速道路で

野生動物を轢く話を、佐藤さんたちから聞かされた。

「雉や狐、狸との衝突は始終あるがネ、珍しいのは三年前、熊とぶつかった車があってネ、熊、一ぺんばたんと倒れたけど、のっそり立ち上って柵越えて出て行ったたって」

熊も命がけだったろうが、ぶつかった人間も命がけで、さぞびっくりしただろう。私の経験では、先年アフリカで山羊をはねた時ですら、かなり大きな衝撃が来た。「野生動物が出る、注意」の標識は無いんですかと聞いたら、「無い」との返事であった。

アメリカの国道沿いには、よく「家畜が横切る」の注意標識が立っている。オーストラリアでは「この先何キロ、カンガルーが出る」の標識がある。アフリカのどこかには、「象が横切る、注意」という物すごいのがあると聞く。(後日、日本でも中国高速道帝釈峡附近で、「お猿に注意」の標識をいくつか見かけた)

「こうして日本国中、車で走っておられるんですか。はあ……。何故、特に東北地方だけ選ばれたんですか」

と、公団側より逆に質問が出た。

「それはですね、歴史的に見ますと、日本の都は千数百年来、次第に北上して行く傾向があるのです。今後、東北は日本にとって非常に大事な地域になるからです。近い将来、もしかすると盛岡仙台あたりが日本の首府になる日が来るかも知れません」

と、物識りカクが答えた。スケさんがまた、疑わしそうな顔をした。

市内の鰻屋でひる飯を食って、仙台宮城ICよりもう一度高速道路に乗ったのが午後二時、平泉を横眼に眺めて、ボルボの運転交替しようとはスケもカクも言わないから、その間《かん》私はうとうとし、眼をさまして、

「おや、少し眠ったようだ」

と言ったら、

「少しでなくて、ずっと寝ていらっしゃいました」

なるほどそうかも知れない。花巻の出口がもう近い。

二十二年前、私たちは星を戴いて発ち星を戴いて宿る強行軍で、車中居眠りなど出来るものでなく、花巻までまるまる二日がかりだったが、今度はその日の午後四時、早くも花巻温泉の旅館へ着いてしまった。

「お疲れでございましょう」

「お召し替えをなさいませ」

「お風呂の用意が出来ました」

「お茶をどうぞ」

と、若女中、中年女中、老女中が入れ替り立ち替りあらわれて慇懃に催促する。これだから日本旅館はきらいだ。丹前に着替えるか着替えないか、茶を飲むか風呂に入るか、未だ何も決めていない。ほっといてもらいたい。

「それより、寝床を敷いてくれませんかネ」

本来、夜半机に向って昼間寝ている者が、朝六時半から本日言語道断の沙汰で、眠い。お疲れでしょうと言うけど、そちらの想像とちがう疲れ方の人間がいるかも知れないということは分ってくれない。

「お床をのべるんですか。今から？」

と、眼をまるくした。

客は御到着、お召し替え、茶と菓子、入浴、夕食、就寝と、みな旅館の定め通りに行動すべきものだと思っている。

女中の出て行ったあと、

「便利になればなったで文句の多い人でして」と、細君がスケさんカクさんに詫びを言った。「親切にして頂いているのにイライラ、イライラ、大阪弁でいらちと言うんだそうです」

早く一と眠りさせてほしいからいらいらしているのだが、

「奥さん、いらちのちは何の意味か御存じですか」と、カクが余計な説明を始めた。「何々バナレしたものという意味なんです。おろちは普通の蛇とちがう蛇離れした神様のような大蛇。いかずちも同じです。神かと思うくらい、人間離れしてイライラなさる方がいらちでございます」

「そんなら、めごちは魚離れしているかネ」

「ハハハ、それはどうでございましょう。さあ、スケさん失礼しよう。おやすみなさい」

と行ってしまった。


二日目。昔を思えば天狗様の大名旅行である。宿の朝飯をゆっくり食って、八時花巻発、あちこち走り廻って、三時ごろには秋田着の予定だという。何処を走り廻るかといえば、盛岡の先で高速道路を離れ、思い出の国道4号線を金田一までたどってみる。それから盛岡へ引返して、田沢湖、角館《かくのだて》経由で秋田へ向う。

古えの陸羽街道（4号線）と津軽街道（282号線）の分岐点を過ぎ、左に美しい雑木林、右に北上川の清流を眺めているうち、渋民村へ入った。石川啄木の歌のどこがいいのか、私には一つも分らないけど、夭逝の歌人は観光資源として盛大に利用されていて、啄木の碑、啄木記念館、啄木ドライブインがあり、啄木給油所があり、啄木牛乳の看板まであった。


「何か御覧になりますか」

「別段何も見たくありません」

間もなく「北上川水源地1キロ」の標識があらわれた。これなら茂吉の「ドナウ源流考」に倣って見に行ってみたいけど、カク総監督が綿密なスケジュールを立てており、予定表外の行動を許さない。私は表向き先生扱いで、きょうは「先生」が運転当番も引受けているのだが、水戸黄門どころか、お猿電車の運転士のような気がして仕方がない。

「だってそうでしょ、君」

「そんなことはありません。ただ、お若いころとちがって、あまり日程がタイトになりますとお身体にあれかと思って。――あ、なつかしいなあ、肥桶を積んだリヤカーが国道を通ってます」

「話をそらしなさんな。味噌と糞と一緒にしてはいけない。啄木と茂吉を同列に扱ってはいけない。沼宮内を過ぎてもうすぐ一戸だ。一戸のへは何ですか」

「きのう申し上げた通り、朝廷勢力は史上次第に北上しています。北上して来て、一戸、二戸、五戸、八戸、北方民族勢力圏との境に次々柵を建て、通商口を設けました。それがへでございます」

十時ちょうど、金田一駅前に着いた。二十二年前、初代スケさんがハンドルを握り、あとの三人がヨイトマケをやって何とか通過したあの悪路はどの辺だったろうと思う。これが、悪路を舗装しただけの昔の国道4号線かどうかもピンと来ない。駅前の果物屋で聞いたら、昔のままの4号線だとのことであった。（ただし、もうすぐ向うにバイパスが出来て大部分の車は金田一駅前を通らなくなる）

「昔はトラックのはねる小石でガラス割られて、入れ替えてもしょうないから、表に板はりつけてたけど」

と、果物屋の主人が言った。

元来た道を引返し、盛岡より西へ向う東北横断道路が46号線。物識りカクの話によれば、一とけた国道は国に除雪の義務がある、46号線のような二たけた国道は場合々々、三けた国道はほったらかし、東北地方の田舎道、春になると、雪に降りこめられて人だけ逃げ出した車の残骸がぽつんぽつんと出て来るそうだ。道に沿うて、積雪量を示す赤白まだらの棒が立っていた。

リンゴの木、牧場の牛、川、葉を落したぶなの林。道路がよくなると周囲の風景も面目をあらためる。田沢湖を見物し、古い武家屋敷の残る角館の町を過ぎ、秋田へ入って、前回と同じく日本通運秋田支店で長距離便運転手たちの話を聞くことになった。当時の人はむろんもう一人も残っていない。

「どうですか。昔と較べると、ずいぶん仕事が楽になったでしょう」

「そうでもねえ」と、年輩の運転手が答えた。「昔は道悪ぐて走《はす》れなかった。今は渋滞で走れねえ。走《はす》れねえのは昔も今も変らねえ」

東京便で二人乗務の二泊三日、片道十五時間、「走《はす》れねえ」いらいらをどう解消するかというと、年何回か禅寺へ坐禅を組みに行く。坊さんの説法も聞く。宗教にでも頼らねば危険なくらい、誰も渋滞に焦立つらしい。

「先生も一度やってみるといいべ。心平静になっから」

「今でも胃下垂予防の逆立ちなんかしてますか」

「逆立ちなんかしねえ。腰椎の故障多いから、ぶら下り器でぶら下りはやるけど。それと、どうしても脚弱るから、会社が歩け歩け運動を奨励している」


その晩カクさんが慰労の意味で男鹿《おが》温泉に宿を取ってくれた。しかし、慰労といってもそんなに疲れてはいない。まして、誰も正体不明の病気になったりはしない。湯につかって、きりたんぽとしょっつるでお酒を飲んで、寝て、三日目は日本海沿いの国道7号線を新潟へ南下する。

翌日、男鹿からその7号線へ戻る時、すさまじい朝の渋滞にぶつかった。秋田とか男鹿半島とかいう地名で北国の蕭条とした眺めを想像するのは、こちらの認識不足である。何度信号を待っても7号線へ右折出来ず、めごちになりそうで、きのう日通の運転手が言った通りであった。昔泥の氷河を成していた道が、今は車の懸河に変っていた。


ようやく流れ出し、雄物川、本荘、象潟《きさかた》。鳥海山が見えて来る。

「全けき鳥海山はかくのごとからくれなゐの夕映えの中」

という茂吉の歌が、私は好きだ。

一昨日、「北上川の水源にも寄り道させてくれない、僕はお猿電車の運転士か」と不平

を言ったのを覚えていて、カクさんが、

「鳥海の裾野をめぐる有料道路が出来ております。時間は大丈夫です。行って見ましょう」

と提案した。

スケさんの運転で東へそれたが、残念ながら鳥海ブルーライン全面営業停止中、山は雪、「来年四月二十八日開通予定」の看板が出ていた。国道へ取って返すと、すぐ吹浦《ふくら》。

「吹浦は萩の名所なんですが、萩ももう遅うございましょう」

「そうかね。象潟、吹浦、芭蕉の歩いた道で萩の名所かね」

と、うまくひっかけられた。カクが言いたいのは「フクラハギと申しまして」という洒落であった。

一時四十分、酒田で最上川を渡る。

「最上川逆白波の立つまでにふぶくゆうべとなりにけるかも」

これも、茂吉晩年の絶唱である。

鳥海山が次第にうしろへ遠ざかる。雪をかぶった美しい山容を、道路との相対角度でさまざまに変えながら、由良の先、波渡《はと》崎のあたりでついに見えなくなった。

景色はきれいだが、都市周辺の渋滞を除いて毎日こう楽なドライブばかりじゃしょうがない、少しは険路悪路も走ってみようということになり、山北町勝木で7号線から海沿いの田舎道へ入った。国道と並行していた国鉄羽越本線も、勝木・村上間こちらを通る。この海岸は「瀬波笹川流れ県立自然公園」と称する景勝の地で、ちっぽけな越後寒川駅、小漁港、烏賊《いか》が干してある、大根が干してある、釣宿、ねんねこ半纏の子守、面白いけれど、坑道のような木枠のトンネルがあったり、未鋪装の石ころ道があったり、いささか二十二年前の苦難の運転を思い出させてくれた。

そのため、時間を食った。晩秋の日が早く暮れる。村上で元の7号線に合し、新発田《しばた》を過ぎ、新潟へ近づくにつれて、さきほどとは打って変った国道風景があらわれた。ライトをともした自動車の大群が、コンクリート鋪装の広い道路を埋めつくす勢いで、轟々と音を立てて走っている。上り線も下り線も切れ目なしに、トラック、トラック、トラック、車、車、車、この先にどんな大工業都市があるのかと、眼を疑いたくなる。仮りにテレビでこの夜景を見せられたら、シカゴかロサンゼルスか、京浜工業地区か、新潟市の郊外とは到底考えられなかっただろう。六、七年新潟へ御無沙汰しているうちに、驚くべき滄桑の変が起っていた。

新潟で泊って四日目の主な予定は、関越トンネルの工事現場見学とカクが決めている。17号線が車の通れない一級国道だったのは、二十二年前の昔話で、長岡まで北陸自動車道があり、前橋より先は関越自動車道が完成しているから、このまま家へ帰る気になれば何でもないのだが、トンネル工事見学のため帰してもらえない。

長岡市内を抜け、小千谷《おぢや》、六日町、塩沢、石打、湯沢、苗場、このあたり織物と温泉とスキー場だらけ、三国峠のトンネルを出たところであられが降り出した。おお寒む、こ寒む、里が恋しい、ちっとばかりくたびれた。カメラとハンドルさえいじらせておけば機嫌がいい無口のスケさんも同じ思いのようであるが、カクさんの方針に従わざるを得ない。で、水上温泉の近く、日本道路公団関越トンネル南工事事務所なるところへ車を乗りつけた。

谷川岳の下をくぐるこのトンネルは、関越自動車道全区間中最大の難工事で、完成すれば日本一長い道路トンネルになる。諸外国から視察団が多く、事務所に「中国山西隧道技術考察組」の残した、

「黄河ノ水ハ江戸に通ジ

珠穆ノ峯ハ富士山ニ連ナル」

という書が掛けてあった。

冬場、積雪三メートルを越す山の中で巨大な穴掘りをしている男たちは、自然そうなるのか、みんな人なつこくて親切である。くたびれたような顔をしては相済まぬけれど、あれこれ説明を聞いてもよく分らない。北と南から何年がかりで掘り進めて行く全長十キロ以上の穴が、よくいすかの嘴《はし》と食いちがわないものだと思うが、レーザーか何か使って、

寸分の狂いなくぴたりと合うのだそうだ。周辺を見ると、送気坑、排気坑、避難坑、避難連絡坑、電気室、集塵室、換気所——、一本のトンネル本道をめぐって中トンネル小トンネル大部屋小部屋がやたらにある。

「中へ入っていただけば、もっと実感がつかめると思いますが」

ただし奥さんは事務所へお残り下さいと言われた。危いからかと思ったら、工事現場は女人禁制、工夫が女の立ち入りをきらう。カクとスケと私の三人だけ、作業衣、ヘルメット、長靴、軍手に身をかためてトンネル南入口へ案内された。

国立公園の中での工事なので、環境庁の規制がやかましく、トラック用の作業道をつけることが出来ず、立坑への資材運搬はすべてヘリコプターでやっている。水の滲み出る暗い未完成の大穴の中にレールが敷いてあって、貨物電車が走っている。ジープもダンプも走っている。化け物みたいな機械も置いてある。分らないといっても、とてつもない大工事だということは分る。

しかし、一旦完成後は、そんなことを考えて通る人、寥々として少いだろう。女人禁制もむろん出来上るまで、若い女のドライバーが、厖大な地下の附帯施設があるとも知らず、カセットの音楽を聞きながらスイスイと谷川連峰の下のこの大穴を走り抜けて行くだろう。それは、そのために造っているのだから仕方がない。難工事を担当した者の身にもなってみろと、昔はトンネル内に殉職工夫の幽霊が出たものだが、工法設備がこう近代的では幽霊なぞ出そうもない。

補助坑（完成後避難坑）の一番奥まで行き、発破が一発、岩を崩し猛烈な砂塵を捲き上げる光景を見学してから事務所へ引揚げた。

二十二年目の東北一周旅行、これが最後の晩になった。打ち上げだからと湯檜曽《ゆびそ》温泉の宿で大酒を飲んで寝たら、五日目の朝、カク総監督の様子がおかしくなった。

「大丈夫ですか。薬を買って来ましょうか」

スケさんが馬鹿に嬉しそうで、

「きょうは運転とても無理ですね」

と念を押す。

渋茶がやっと、朝飯の味噌汁も咽《のど》を通らない。

「もう齢なんですから、過労、飲み過ぎ、飛ばし過ぎ、万事注意された方がいいですよ」

「そういうことを言うもんじゃありません」と、カクが薄眼をあけた。「僕に対してだけでなく、還暦の方に失礼です。――失礼致しました。あまり平々凡々に終ってはお書きになることがあるまいかと思って、つい大袈裟に病人の真似なぞしてみせたりしまして」

真似にしては、湯檜曽出発一時間後、青い顔でガソリンスタンドの便所へ駆けこんだのがどういう訳か分らないけど、前橋で関越自動車道に乗ってしまえば、あとの三人は楽なものである。六十数分でゲートを出、高速道路の終ったところは東京練馬区、午後一時す

ぎには横浜のわが家へ帰り着き、計器の示す総走行距離一七四五キロ、

「前回とほぼ同じだけ走ったね。多少くたびれたけど、二十二年前に較べれば、快適なもんだ。十年後にこの旅行、又やってみようか」

私は言ったが、

「はあ」

と、カクさんだけ未だ浮かぬ顔をしていた。


〈初出〉『贋車掌の記』一九八二年九月　六興出版刊

一九五〇年代の日本を知る貴重な記録文学

関川夏央

阿川弘之先生の「汽車好き」はつとに知られるところで、『お早く御乗車ねがいます』『南蛮阿房列車』などの名著がある。それらを熟読して思うのは、「汽車好き」「鉄道好き」が陥りがちな「トリビアの泉」に作家が足を濡らしていないということだ。

「乗り物好き」は男の子のセンスで、近代的機械の美しさと機能性の高さに惹きつけられて始まる。ついで、これも男の子に特徴的なことだが、知識の集積段階に入る。そのままオトナになったのがいわゆる「鉄ちゃん」で、門外漢はその知識の豊富さに圧倒されつつ、その不毛さに辟易するのである。

阿川先生の作品には知識自慢がない。それでいて見るべきことは見、聞くべきことは聞いておられる。また伝えるべきことを伝えながら、そんな「児戯」に熱中する自分を眺めるユーモアを忘れない。

阿川先生の興味は「汽車」にとどまらない。船はもちろん、飛行機、自動車にも広がり、交通全般をカバーする。先生は結局「乗り物好き」「移動好き」なのである。そうして、その報告をすっきりと書くのがお好きなのである。その結果、『空旅・船旅・汽車の旅』

は、日本と日本人にとって一九五〇年代とはどんな時代だったかを交通シーンから明らかにする歴史的報告となり、優れた「記録文学」となった。

一九五八年晩秋、満三十七歳の阿川先生は若い編集者に誘われて東北一周自動車旅行に出かけた。その報告が「一級国道を往く」である。

先生と編集者のほかに出版社のプロの運転手と阿川夫人の一行四人、車は56年型クラウンである。ご夫婦でアメリカ留学中の五六年、南カリフォルニアからアメリカ大陸を横断して49年型フォードを二万キロ走らせ、帰国後もルノーを愛車とした先生だから、編集者を含め三人が二時間交代で運転した。

いまの四十代以下は信じないだろうが、当時の道路はひどいもので「悪路」が日本の代名詞であった。旅程の九五パーセントが一級国道だったにもかかわらず、道は穴だらけ、車は想像を絶する揺れ方をした。途中で四人とも原因不明の発熱、体調不良に見舞われたのはそのせいである。

牛車に行く手を阻まれる。作業中だからどかないと意地悪するトラックに袖の下のタバコを渡す。いい加減きわまる道路標識のせいで迷ったあげく、車を川に落としそうになる。中進国日本の懐かしい風景であり、まさに「極悪非道」の一級国道の旅であった。それにしても56年型クラウンは丈夫だった。

東京から四号線を北上して、仙台、花巻、秋田、新潟、長野、軽井沢と千八百キロ。朝は暗いうちから夜まで走りつづけ、宿に着くと倒れ込むように眠る七日間の旅は、まさに過酷だった。帰りは新潟から国道十七号線で関東平野に抜けるのが順路なのだが、当時は三国峠を車は通れなかった。わざわざ直江津まで行って南下、長野回りで帰った。一日の走行距離は平均二百六十キロ、一日十二時間走行として、休息・食事・給油の時間もみなひっくるめた「表定速度」は二十二、三キロと路面電車並みであった。

「ゴア紀行」は「一級国道を往く」の半年後、五九年四月から五月にかけての旅だ。「一級国道」の「戦友」であった編集者が計画し、手配した。行きは飛行機、帰りは船旅です、という悪魔の誘いに、乗り物好きの先生は、ゴアがどこにあるかさえ知らぬまま、うかうかとのった。

ゴアはインド西南部、ボンベイ（現ムンバイ）の南、約三百キロにあるポルトガル領であった。当時のインドには、ゴアのほかダマン、ディウ、マエ、ポンディシェリなど、虫食いのようにポルトガル領、フランス領の小さな土地が何か所かあった。

一五一〇年に葡《ぽ》領となったゴアは、一五八二年に九州を出てリスボン、ローマを訪れ、九〇年に帰った天正少年使節が、往復ともにモンスーンの風待ちで長く滞在した港湾都市である。その頃繁栄の頂点を迎えていたゴアを、イエズス会のフランシスコ・ザビエルも東洋布教の拠点とした。面積は埼玉県くらいもあって、この五九年当時人口五十六万人だという。ただしポルトガル人はその一パーセント強にすぎない。

何をしにそんなところに行くのかといえば、とくに目的はない。日本向け鉄鉱石の積み出し施設の完成式典出席者のためのチャーター機DC4に編集者のコネで便乗し、帰りはその鉄鉱石を積んだ船でのんびり帰るのだという。先生はその報告を書けばよいという。当時の出版界は鷹揚だった。「いい加減」のおもしろさがあった。

プロペラ機は三十六時間かけてゴアに着いた。自動車さえなければ、開港直後の浦賀のようなところだった。小高い山のすぐ下が港である地形は、牧歌の時代の横浜である。その街に先生と編集者は十日間いた。路上の子どもたちは五円くれとうるさい。中流の子どもたちは日本へ行ってテレビを見てみたいなどという。ゴアにも汽車はあるから、いちおう乗ってみた。イギリスの会社の経営で八十五キロの路線だが、国境で途切れている。数年前の植民地暴動の後遺症なのだろう。

そうこうするうち竣工式典の日になった。楽しみの少ない土地で、招待状を出した全員が出席した。先生たちがゴアで知りあった人たちも、みなきた。スイッチを入れると鉄鉱石が怒濤のように貨物船の船腹に吐き出された。それまでの二十倍の処理能力があるという。それでもゴアの鉄鉱石は戦後日本重工業の必要量のほんの一部にすぎない。

鉱石運搬船に便乗してのゴアからの帰路がたいへんだった。船齢三十五年、大正末年に英国でつくられた老朽船は、途中シンガポールに寄港するのみ、日本まで二十四日かかった。自動車と違って九千五百キロを二十四時間航行しつづけて一日四百キロ、平均時速十六・五キロは日露戦争のバルチック艦隊並みである。

普段は南氷洋で捕鯨船に乗っているという船員たちも退屈そうで、先生たちは船上から釣糸を引いての釣り以外に楽しみはなく、航海ノイローゼになりそうだった。いつ南十字星が見えなくなるかと、それだけを心待ちにして二十四日後、心から嬉しく祖国の土を踏んだ。

紀行文のおもしろさは、旅の仕方のおもしろさである。読者は「えっ？」と驚き、酔狂にも程があると憫笑を浮かべながらも同情し感心もする。

旅が悲惨であればあるほど、読者の共感を得られがちなのは、南極探検のスコット隊やスウェン・ヘディンの旅行記に見るとおりだ。悲惨でいて牧歌的なゴアの旅は、私がゴアに多少のなじみがあるからことのほか惹かれたのだが、それを除いても一九五〇年代のゴアの記録など、ほかになかろう。

その逆は、本書中の「二十二年目の東北道」で証明される。

高速道路の東北道は完成した。関越道も三国峠のトンネルを除けば、全通が間近い。そういう一九八〇年に、一九五八年とほぼ同じ行程を自動車で走ってみたという一章を、あえて文庫版に併載した。

速い。二日目の夜に青息吐息でたどり着いた花巻の温泉宿に出発当日の夕方、余裕で到着した。日本の悪路伝説はみごとに払拭された。そのかわり、自動車なしでは暮らせなくなった各地方の朝夕の渋滞はすさまじい。日本は二十二年間のうちに大変貌を遂げた。旅自体は、まあ退屈である。

阿川弘之先生は、雑知識の収集に興味がない。そのかわり戦後のある時代を、交通と旅から活写することに情熱を持たれた。文学の重要な役割が時代の記録だとするなら、この本『空旅・船旅・汽車の旅』はその仕事を十分に果たしたうえに、まことに得がたい戦後の史料となった。

（せきかわ　なつお／作家）

『空旅・船旅・汽車の旅』一九六〇年四月　中央公論社刊

中公文庫

空旅《そらたび》・船旅《ふなたび》・汽車《きしゃ》の旅《たび》

2014年12月20日　初版発行
2016年10月10日　再版発行

著　者　阿《あ》川《がわ》 弘《ひろ》之《ゆき》

発行者　大橋 善光

発行所　中央公論新社
〒100-8152　東京都千代田区大手町1-7-1
電話　販売 03-5299-1730　編集 03-5299-1890
URL http://www.chuko.co.jp/

DTP　嵐下英治
印　刷　三晃印刷
製　本　小泉製本

Published by CHUOKORON-SHINSHA, INC.
Printed in Japan　ISBN978-4-12-206053-1 C1195

中公文庫既刊より

各書目の下段の数字はISBNコードです。978-4-12が省略してあります。

あ-13-3
高松宮と海軍
阿川弘之
「高松宮日記」の発見から刊行までの劇的な経過を明かし、第一級資料のみが持つ迫力を伝える。時代と背景を解説する「海軍を語る」を併録。
203391-7

あ-13-4
お早く御乗車ねがいます
阿川弘之
にせ車掌体験記、日米汽車くらべなど、日本のみならず世界中の鉄道に詳しい著者が昭和三三年に刊行した鉄道エッセイ集が初の文庫化。〈解説〉関川夏央
205537-7

あ-13-6
食味風々録
阿川弘之
生まれて初めて食べたチーズ、向田邦子との美味談義、海軍時代の食事話など、多彩な料理と交友を綴る、自叙伝的食随筆。〈巻末対談〉阿川佐和子〈解説〉奥本大三郎
206156-9

あ-60-1
トゲトゲの気持
阿川佐和子
襲いくる加齢現象を嘆き、世の不条理に物申し、女友達と笑って泣いて、時には深ーく自己反省。アガワの真実は女の本音。笑いジワ必至の痛快エッセイ。
204760-0

あ-60-2
空耳アワワ
阿川佐和子
喜喜怒楽楽、ときどき哀。オンナの現実胸に秘め、懲りないアガワが今日も行く！　読めば吹き出す痛快無比の「ごめんあそばせ」エッセイ。
205003-7

あ-1-1
アーロン収容所
会田雄次
ビルマ英軍収容所に強制労働の日々を送った歴史家の鋭利な観察と筆。西欧観を一変させ、今日の日本人論ブームを誘発させた名著。〈解説〉村上兵衛
200046-9

あ-1-5
敗者の条件
会田雄次
『アーロン収容所』で知られる西洋史家が専門のルネサンス史の視点からヨーロッパ流の熾烈な競争原理が支配した戦国武将の世界を描く。〈解説〉山崎正和
204818-8

あ-18-2
内なる辺境
安部公房

ナチスの軍服が若者の反抗心をくすぐりファシズムがエロチシズムと結びつく。現代の異端の本質を考察する前衛作家のエッセイ。〈解説〉ドナルド・キーン

200230-2

あ-18-3
榎本武揚
安部公房

旧幕臣を率いて軍を起こしながら、明治新政府に降伏した榎本武揚。彼は時代の先駆者なのか、裏切者か。維新の奇才のナゾを追う長篇。〈解説〉ドナルド・キーン

201684-2

い-6-2
私のピカソ 私のゴッホ
池田満寿夫

ピカソ、ゴッホ、そしてモディリアニ。青年の日に深い衝撃を受け、そして今なお心を捉えて離さない天才たちの神話と芸術を綴る白熱のエッセイ。

201446-6

い-6-4
エーゲ海に捧ぐ
池田満寿夫

二人の白人女性を眺めながら受ける日本の妻からの長い国際電話……。卓抜な状況設定と斬新な感覚で描く、衝撃の愛と性の作品集。〈解説〉勝見洋一

202313-0

う-1-3
味な旅 舌の旅
宇能鴻一郎

北は小樽の浜鍋に始まり、水戸で烈女と酒を汲みかわし、海幸・山幸の百味を得て薩摩半島から奄美の八月踊りにいたる日本縦断味覚風物詩。

205391-5

う-9-4
御馳走帖
内田百閒《ひゃっけん》

朝はミルク、昼はもり蕎麦、夜は山海の珍味に舌鼓をうつ百閒先生の、窮乏時代から知友との会食まで食味の楽しみを綴った名随筆。〈解説〉平山三郎

202693-3

う-9-5
ノラや
内田百閒

ある日行方知れずになった野良猫の子ノラと居つきながらも病死したクルツ。二匹の愛猫にまつわる愛情と機知とに満ちた連作14篇。〈解説〉平山三郎

202784-8

う-9-6
一病息災
内田百閒

持病の発作に恐々としつつも医者の目を盗み麦酒をがぶがぶ……。ご存知百閒先生が、己の病、身体、健康について飄々と綴った随筆を集成したアンソロジー。

204220-9

各書目の下段の数字はISBNコードです。978－4－12が省略してあります。

う-9-7　東京焼盡《しょうじん》　内田百閒
空襲に明け暮れる太平洋戦争末期の日々を、文学の目と現実の目をないまぜつつ綴る日録。詩精神あふれる稀有の東京空襲体験記。
204340-4

う-9-8　恋日記　内田百閒
後に妻となる、親友の妹・清子への恋慕を吐露した恋日記。十六歳の年に書き始められた幻の「恋日記」第一帖ほか、鮮烈で野心的な青年百閒の文学的出発点。
204890-4

う-9-9　恋文　内田百閒
恋の結果は詩になることもありませう――百閒青年が後に妻となる清子に宛てた書簡集。家の反対にも屈せず結婚に至るまでの情熱溢れる恋文五十通。〈解説〉東　直子
204941-3

お-2-2　レイテ戦記（上）　大岡昇平
太平洋戦争の天王山・レイテ島での死闘を再現し戦争と人間を鋭く追求した戦記文学の金字塔。本巻では「一　第十六師団」から「十三　リモン峠」までを収録。
200132-9

お-2-3　レイテ戦記（中）　大岡昇平
レイテ島での日米両軍の死闘を、厖大な資料を駆使し精細に活写した戦記文学の金字塔。本巻では「十四　軍旗」より「二十五　第六十八旅団」までを収録。
200141-1

お-2-4　レイテ戦記（下）　大岡昇平
レイテ島での死闘を巨視的に活写し、戦争と人間の問題を鎮魂の祈りをこめて描いた戦記文学の金字塔。地名・人名・部隊名索引付。〈解説〉菅野昭正
200152-7

お-2-10　ゴルフ酒旅　大岡昇平
獅子文六、石原慎太郎ら文士とのゴルフ、一年におよぶ米欧旅行の見聞……。多忙な作家の執筆の合間には、いつも「ゴルフ、酒、旅」があった。〈解説〉宮田毬栄
206224-5

お-2-11　ミンドロ島ふたたび　大岡昇平
自らの生と死との彷徨の跡。亡き戦友への追慕と鎮魂の情をこめて、詩情ゆたかに戦場の島を描く。『俘虜記』の舞台、ミンドロ、レイテへの旅。〈解説〉湯川　豊
206272-6

か-18-7
どくろ杯
金子光晴
『こがね蟲』で詩壇に登場した詩人は、その輝きを残し、夫人と中国に渡る。長い放浪の旅が始まった——青春と詩を描く自伝。〈解説〉中野孝次
204406-7

か-18-8
マレー蘭印紀行
金子光晴
昭和初年、夫人三千代とともに流浪する詩人の旅はいつ果てるともなくつづく。東南アジアの自然の色彩と生きるものの営為を描く。〈解説〉松本　亮
204448-7

か-18-9
ねむれ巴里
金子光晴
深い傷心を抱きつつ、夫人三千代と日本を脱出した詩人はヨーロッパをあてどなく流浪する。『どくろ杯』につづく自伝第二部。〈解説〉中野孝次
204541-5

か-18-10
西ひがし
金子光晴
暗い時代を予感しながら、喧噪渦巻く東南アジアにさまよう詩人の終りのない旅。『どくろ杯』『ねむれ巴里』につづく放浪の自伝。〈解説〉中野孝次
204952-9

か-18-11
世界見世物づくし
金子光晴
放浪の詩人金子光晴。長崎・上海・ジャワ・巴里へと至るそれぞれの土地を透徹な目で眺めてきた漂泊の詩人が綴るエッセイ。
205041-9

き-6-3
どくとるマンボウ航海記
北杜夫
たった六〇〇トンの調査船に乗りこんだ若き精神科医の珍無類の航海記。北杜夫の名を一躍高めたマンボウ・シリーズ第一作。〈解説〉なだいなだ
200056-8

き-6-16
どくとるマンボウ途中下車
北杜夫
旅好きというわけではないのに、旅好きとの誤解からマンボウ氏は旅立つ。そして旅先では必ず何かが起こるのだ。虚実ないまぜ、笑いうずまく快旅行記。
205628-2

き-6-17
どくとるマンボウ医局記
北杜夫
精神科医として勤める中で出逢った、奇妙きてれつな医師たち、奇行に悩みつつも憎めぬ心優しい患者たち。人間観察の目が光るエッセイ集。〈解説〉なだいなだ
205658-9

各書目の下段の数字はＩＳＢＮコードです。978－4－12が省略してあります。

し-31-5
海軍随筆　獅子文六
海軍兵学校や予科練などを訪れ、生徒や士官の人柄に触れ、共感をこめて歴史を繙く「海軍」秘話の数々。小説『海軍』につづく渾身の随筆集。〈解説〉川村　湊
206000-5

た-13-1
富　士　武田泰淳
悠揚たる富士に見おろされた精神病院を題材に、人間の狂気と正常の謎にいどみ、深い人間哲学をくりひろげる武田文学の最高傑作。〈解説〉斎藤茂太
200021-6

た-13-3
目まいのする散歩　武田泰淳
近隣への散歩、ソビエトへの散歩が、いつしか時空を超えて読む者の胸中深く入りこみ、生の本質と意味を明かす野間文芸賞受賞作。〈解説〉後藤明生
200534-1

た-13-5
十三妹《シイサンメイ》　武田泰淳
強くて美貌でしっかり者。女賊として名を轟かせた十三妹は、良家の奥方に落ち着いたはずだったが……中国古典に取材した痛快新聞小説。〈解説〉田中芳樹
204020-5

た-13-6
ニセ札つかいの手記　武田泰淳異色短篇集　武田泰淳
表題作のほか「白昼の通り魔」「空間の犯罪」など、独特のユーモアと視覚に支えられた七作を収録。戦後文学の旗手、再発見につながる短篇集。
205683-1

た-13-7
淫女と豪傑　武田泰淳中国小説集　武田泰淳
中国古典への耽溺、大陸風景への深い愛着から生まれた、血と官能に満ちた淫女・豪傑の物語。評論一篇を含む九作を収録。〈解説〉高崎俊夫
205744-9

た-34-5
檀流クッキング　檀　一雄
この地上で、私は買い出しほど好きな仕事はない――という著者は、人も知る文壇随一の名コック。世界中の材料を豪快に生かした傑作92種を紹介する。
204094-6

た-34-4
漂蕩の自由　檀　一雄
韓国から台湾へ。リスボンからパリへ。マラケシュで迷路をさまよい、ニューヨークの木賃宿で安酒を流し込む。「老ヒッピー」こと檀一雄による檀流放浪記。
204249-0

た-34-6

美味放浪記

檀　一雄

著者は美味を求めて放浪し、その土地の人々の知恵と努力を食べる。私達の食生活がいかにひ弱でマンネリ化しているかを痛感せずにはおかぬ剛毅な書。

204356-5

た-34-7

わが百味真髄

檀　一雄

四季三六五日、美味を求めて旅し、実践的料理学に生きた著者が、東西の味くらべはもちろん、その作法と奥義も公開する味覚百態。〈解説〉檀　太郎

204644-3

た-46-4

旅は道づれアロハ・ハワイ

高峰秀子
松山善三

住んでみて初めてわかるハワイの魅力。ホノルルに部屋を借りて十年、ひたすらハワイを愛するおしどり夫婦が紹介する、夢の島の日常生活と歴史と伝統。

205567-4

た-46-5

旅は道づれガンダーラ

高峰秀子
松山善三

炎暑の沙漠で過ごした日々は、辛かったけれども無性に懐かしい。映画監督と女優の夫妻が新鮮な感動を綴るパキスタン、アフガニスタン旅行記。〈解説〉加藤九祚

205591-9

た-46-6

旅は道づれツタンカーメン

高峰秀子
松山善三

悠久の歴史に静かに眠る遺跡と、異様な熱気で煮えくり返る街で、あるいはたくましく、あるいは慎ましやかに暮す人々の様子を伝えるエジプト見聞録。

205621-3

た-46-7

忍ばずの女

高峰秀子

昭和の名女優が明かす役作りの奥義。小津、成瀬、木下、黒澤の演出比較や台本への取り組みまで。自ら手がけた唯一のテレビドラマ脚本『忍ばずの女』併録。

205638-1

た-46-8

つづりかた巴里《パリ》

高峰秀子

「私はパリで結婚を拾った」。スター女優の座を捨て、パリでひとり暮らした日々の切ない思い出。そして人生最大の収穫となった夫・松山善三との出会いを綴る。

206030-2

み-24-1

旅は俗悪がいい

宮脇　檀

建築家の好奇心おもむくままの海外旅行記。毎年仕事で海外に国内に旅行すること百数十日。トラブルをも楽しむ好奇心いっぱいの俗悪的旅行術教えます。

201573-9

各書目の下段の数字はISBNコードです。978－4－12が省略してあります。

よ-17-9 **酒中日記** 吉行淳之介編
吉行淳之介、北杜夫、開高健、安岡章太郎、瀬戸内晴美、遠藤周作、阿川弘之、結城昌治、近藤啓太郎、生島治郎、水上勉他——作家の酒席をのぞき見る。
204507-1

よ-17-10 **また酒中日記** 吉行淳之介編
銀座や赤坂、六本木で飲む仲間との語らい酒、先輩たちと飲む昔を懐かしむ酒——文人たちの酒にまつわる出来事や思いを綴った酒気漂う珠玉のエッセイ集。
204600-9

よ-17-12 **贋《にせ》食《しょく》物《もつ》誌《し》** 吉行淳之介
たべものを話の枕にして、豊富な人生経験を自在に語る、洒脱なエッセイ集。本文と絶妙なコントラストを描く山藤章二のイラスト一〇一点を併録する。
205405-9

よ-17-13 **不作法のすすめ** 吉行淳之介
文壇きっての紳士が語るアソビ、紳士の条件。著者自身の酒場における変遷やダンディズム等々を通して「人間らしい人間」を指南する洒脱なエッセイ集。
205566-7

よ-17-14 **吉行淳之介娼婦小説集成** 吉行淳之介
赤線地帯の疲労が心と身体に降り積もり、街から抜け出せなくなる繊細な神経の女たち。「赤線の娼婦」を描いた全十篇に自作に関するエッセイを加えた決定版。
205969-6

よ-36-1 **真夜中の太陽** 米原　万里
リストラ、医療ミス、警察の不祥事……日本の行詰った状況を、ウイット溢れる語り口で浮き彫りにし今後のあり方を問いかける時事エッセイ集。〈解説〉佐高　信
204407-4

よ-36-2 **真昼の星空** 米原　万里
外国人に吉永小百合はブスに見える？　日本人没個性説に異議あり！「現実」のもう一つの姿を見据えた激辛エッセイ、またもや爆裂。〈解説〉小森陽一ほか
204470-8

よ-36-3 **他諺《たげん》の空似《そらに》　ことわざ人類学** 米原　万里
古今東西、諺の裏に真理あり。世界中の諺を駆使しながら、持ち前の毒舌で現代社会・政治情勢を斬る。知的風刺の効いた名エッセイストの遺作。〈解説〉酒井啓子
206257-3